ミチルさん、今日も上機嫌

原田ひ香

集英社文庫

目次

ミチルさん、今日も上機嫌 5
解説　吉田伸子 269

ミチルさん、今日も上機嫌

1

今、何時だろう。

顔の横あたりを探って、スマートフォンを引き寄せる。やっと見つけたそれは画面が真っ暗だ。電源が入っていないことに気がついて、あーあ、と投げ出した。

昨夜、寝る前に電源を切ったのだった。自ら。

電源が入っていれば電話やメールを期待してしまう。来るはずもないのに。眠っていてもどこかで意識して、神経はさえざえと目覚めて熟睡できない。それで電源を切ったのだ。

一度投げ出したのを手に取って、息を詰めるようにして電源を入れた。

そんな決心までして生き返らせたのに、画面は昨夜となんの変化もなかった。

メールなし、着信なし。

三か月前に鈴木《すず き》徹《とおる》と別れてから、びっくりするほど電話料金が下がった。以前、電話料金が安くならないかしら、とあれこれ策をたてたり、雑誌やネットで「携帯料金マル秘必勝法」などとあれば必ず読んだりしてもなんの成果もなかったのがウソのようだ。

恋愛してないとすることがない、というのも発見だった。彼と会ったり、電話をしたり、という時間だけでなくて、美容院に行ったり、ネイルサロンに行ったり、服を買ったりする時間も必要なくなってしまう。何をすればいいのだろうか。

鈴木との恋愛中、子持ちの大学時代の友人に、

「独身だったら時間がいっぱいあっていいわねぇ」

と皮肉られたので、

「忙しいわよ。ネイルサロンや美容院が」

と言い返したら、ため息しか返ってこなかった。

本当に時間がかかるのだ。お風呂だけでも、一時間雑誌を読みながら半身浴して、パックして、トリートメントは二種類使って、むだ毛の処理して、足の裏の角質取って……とやっていると簡単に二時間以上経《た》ってしまう。

街で見かける母親たちは結構若いし、きれいにしているのは知っている。けれど、三十五過ぎてから子供を産んだ友人は、疲れ切っていて、家ではずっとジャージ姿、髪も少なく顔色が悪かった。

外出はダウンジャケットにデニム。駅まで送ってくれた彼女と歩いていたら、前から

後ろから同じような服装の子連れの女性がやってきて、びっくりしてしまった。さえない制服化したスタイル。絶対にあんなふうにはなりたくない。

そりゃ、あんたなら独身だったとしても暇でしょうよ、と言ってやりたかったけど、訂正しなくてはいけない。

確かに、暇だ。男がいなくなったら体の手入れの必要はないし、何をしたらいいのか。中学二年の冬から四十五になる今まで（じきに四十六の誕生日だが、考えないようにしている）、正確に言うと三か月前まで、ミチルは付き合う男が途切れたことがなかった。だから、その前に何をしていたのかがまったく思い出せない。

ゴム跳びか。

中学に入ってからはテニス。部活でラケットを振り回していた。恋人はいなかったけど、帰宅してからは、大好きな海藤《かいどう》先輩のために、制服にアイロン当てたり、スカートに襞《ひだ》をつけるために寝押ししたり、忙しかった。ショートヘアの朝はロング以上に寝癖直しが忙しかったし、何をすればいいのか、ということを考える暇もなかった。なのに、今はどうだ。まったくすることがない。

四つん這《ば》いになって、ベッドから出る。這ったまま洗面所まで行った。久しぶりに朝から化粧しなければいけないのだ。髪は昨日、自分で染めた。カラーリングではなくて、白髪染めをしなければならない歳《とし》だ。

それでも、まだ豊かな髪があるのを感謝しなければならないかもしれない、と歯を磨きながら思う。数年前に行った同窓会では、子持ちの友人のように髪が薄くなった女がたくさんいて、禿《は》げているわけではないが、ずいぶん老けて見えた。女もそういうことがあるのだと、初めて知った。

「山崎《やまざき》さんみたいの、美魔女っていうんでしょうね」

前の会社では二十代の女の子たちによくそう言われたものだ。当時、その言葉はまだ珍しくて「美魔女ってなに？」と質問する男性社員もいた。

「中年なのに、美容やファッションにお金をかけてて、魔女みたいに若く見える、若作りの女の人のことですよ」

その説明には、はっきりした棘《とげ》と嘲笑が混じっていた。

けれど、ミチルは気がつかないふりをして、

「美はいいけど、魔女はやめてくださーい」

と、答えていたっけ。

あいつむかつく奴《やつ》だった。ただ若くて、笑い声がでかいだけなのに、そこそこ男性社員に人気があった。ブスだったのに。あの年頃のあたしは何倍もモテたのに。

ミチルは洗面所を出て、クローゼットを開いた。

スーパーのレジの面接だって、やっぱりスーツかな。ワンピースかな、と考えながら

服を選んだ。

買ったのは半年ほど前だから、まだ流行おくれになっていない、グレーとピンクのミックスツイードのワンピースにそろいのジャケットが付いたスーツにした。あまり広がっていない膝丈のフレアスカート。

「こういうのって甘辛というのかしらね」

まだ脚のラインは崩れてないつもりだ。気の重い面接をお気に入りの服でなんとか紛らわせる。

家を出て、近所のファストフード店で朝食を食べることにした。

カウンターでメニューを決めて、顔を上げたとたん、顔見知りの女子店員が顔を覗《のぞ》き込むように笑顔になって、

「おはようございます」

と挨拶をした。

最悪な気分でそこにいるはずなのに、思わずミチルも笑顔になってしまった。

大学生だろうか。週に一回来るか来ないかぐらいだし、ホットコーヒーとハンバーガーの、たった二百円のセットしか頼まないのにいつも親切だ。

あのレベルの女の子ならもっと楽で高い時給の仕事がありそうなものなのに。

席に着いて、コーヒーを飲みながら考える。

タレントのなんとか、って子に似てる。とんでもなくたくさんのメンバーを抱えたアイドルグループのセンターで歌っている子。いや、彼女の方が、感じが良くて、CDを買わなくても笑顔をくれるのだから、アイドルなんかよりずっと上かもしれない。

四十五歳のミチルが「昔」と思い出すのは、学生時代、八〇年代のことだ。彼女のレベルだったら、いくらでもおいしいバイトがあった。もちろん、いやらしいことややばいことなんてなく、今、水商売で働くよりずっといいお金をもらえる仕事がいっぱいあったのだ。

窓際の席から、カウンターの方を盗み見る。

もったいない。あんなかわいいのだからタレントにだってなれそうだ。努力して割のいいバイトを探せばいいのに。

コンビニやファミリーレストランなどでも、かわいくて仕事ができる女の子が多くて驚くことがよくある。

欲というものがないのか。もちろん、不況が長く続く時代がそうさせているというのはわかる。けれど、それだけでは片づけられない、過去の女の子たちとは異なったメンタリティを持っているような気がしてならない。もっと上へ、華やかなライトの当たる方に出て行こうとは思わないのだろうか。ミチルにはそのメンタリティがかわいそうにも、おそろしくも感じる。得体のしれない考え方だ。それを持ち合わせない自分は、もはや生きるすべを持っていないのと同じなのかもしれない。

しかし、客にとっては、ファストフード店やファミレスで、アイドルと見まごうばかりの女の子が感じよくしてくれるのだから得なのだ。これこそ、デフレの効果だとしたら、あまり何も考えずありがたく頂戴していればいいのかもしれない。

これから行くスーパーの面接についても思い出した。

あたしもこれからそう思われるのかしら。どうしてあんなにきれいな人が、スーパーでレジを打っているのか、とか。そう思われたら、嬉《うれ》しいかもしれないけど。


「脚を見せてもらえますか」

二十五年前、面接でそう言われたミチルはためらいなくスカートをめくった。先にそこでバイトをしていた同じ大学の友人から、要求があると聞いていたというのが抵抗がなかった大きな理由だが、支配人がいやらしい目的で言っているのではないのもよくわかっていた。

のちにミチルはテレビドラマの中で主人公の女の子が水商売か風俗の仕事の面接で同じことを強要されて泣く、という場面を観て唖然《あぜん》とした。脚を見せるぐらい、どうということもないじゃない。水商売で働く覚悟で来たんでしょう。

けれど、後になってそれは考え違いだと思い当たった。女の子は高く評価してくれる場所でなら、たいていのことはできるものだ。けれど、低く評価されていると簡単なことでも体が動かない。だから、彼女は泣いたのだ。

ミチルの脚を見た支配人は無表情にうなずき、「いつから来られますか」と言った。

ホテルの最上階のラウンジのアルバイト、時給二千円はその頃でも悪くなかった。塾講師も同じぐらいの値段だったから、破格なのは確かだろう。

でも、いやらしいことはまるでない。白のブラウスに黒いタイトスカートをはいて、ひざまずいてサービスするだけだった。スカートの丈も膝が出るぐらいの長さで、常識の範囲内だった。

ラウンジのテーブルはソファの高さに合わせて低かったので、自然にかしずくようになってしまう。ひざまずいてメニューを渡し、おしぼりをひとつひとつ開いて手渡す。頼まれた飲み物や食べ物も同じように出す。

あとで聞いたことだが、あるグループ企業の社長がその光景を気に入って自社の応接室も同じテーブルの高さにしたそうだ。秘書の女性をひざまずかせるために。

それ以外は壁に張り付いて立っていればいい。客はそう多くなかったし、愛嬌《あいきょう》を振りまくこともなかった。むしろ、必要以上に笑うな、と言われていた。楽なバイトだった。

容姿端麗の条件はなく、身長が百六十センチ以上あって、脚が細ければ誰でもできる。

働いていたのは、ミチルのような女子大生の他は、パーティコンパニオンとかバンケットと呼ばれる、パーティの給仕と掛け持ちをしている女性が多かった。

「バンケットは、一回行けば二時間で二万はもらえるんだけど」

と、その中で唯一口を利くようになった忍《しのぶ》さんは教えてくれた。

「でも、髪をアップにしないといけないでしょ。いちいち美容院に行って五千円は取られる。帰りは疲れてついタクシーに乗っちゃうし、実入りは大してよくないのよ。一人暮らしをしてたらかつかつ。だからこっちにも来てるの」

「髪は、自分で結ったらいけないんですか」

休憩室で忍さんは細い煙草《たばこ》を吸っていた。そこではミチルたち女子大生組以外、皆、煙草を吸っていた。

忍さんは、身長が百六十センチぎりぎりだったが、顔はきれいだった。目鼻立ちがはっきりして、口が小さい。ただ、その整った顔立ちが逆に古臭い印象を与えているようなタイプだった。

器量自慢のせいか体型にはあまり気を遣わないようでぽっちゃりしていた。とはいえ、普通の女性としてはまったく気にならない程度だったし、それによって妙な色気もあったのだが、時々、支配人に月末までに痩せないと来月の契約はしない、と言われてむくれていた。

「だめだめ。そんなのすぐばれちゃう。派遣元にわからなくても女同士ならわかるじゃない。で、元締めにちくられる。下手《へた》すると次からは呼ばれないのよ」

「なるほど」

「ミチルちゃんにも紹介してあげたいんだけど、そう楽な仕事でもないからなあ」

それは嘘《うそ》だとミチルは思った。文句は言うものの、きれいにしていればいいだけのその仕事を、忍さんは気に入っている。そう簡単に女子大生なんかに渡すわけがない。

彼女のような女性や職業は今でも存在するんだろう。報酬だってあまり変わってないかもしれない。だけど、採用条件は厳しいはずだ。当時は、身長があって痩せてさえいれば、普通の容姿でもかまわなかった。

髪をアップにして丁寧にお化粧をし、表情を崩さなければどんな女でも同じような顔になる。もしかしたら、現在は忍さんみたいにぽっちゃりした女性はアウトかもしれない。

忍さんは二十五歳だと言っていたけど疑わしい。もう少し上に見えた。下手すると三十を超えていた可能性がある。年齢と器量自慢でバンケット仲間の中でも浮いていて、ミチルなんかにも親切に声をかけてくれたのではないか。

「ああ、結婚したいなあ。どこかにいい人いないかしら」

会話の最後を必ずそう締めくくるのだけは、どの時代の女性も変わらなかった。

風の便りに、忍さんは田舎《いなか》に帰ったと聞いた。今頃は地元の御曹司の妻か、お金持ちの後妻さんにでもおさまっているかもしれない。

ホテルのラウンジでは、髪型はロングのストレートのみだった。そして、口紅は赤に指定されていた。

青みピンク全盛時代だったから、ミチルたちはそれが大きな不満で、ダサいダサいと、いつも支配人の悪口を言っていたっけ。今ならどうということもない。口紅の色なんて、時給二千円を出してくれるなら、誰も文句は言わないに違いない。


指定されたスーパーの裏口で尋ねると、事務所の小部屋に案内された。店長が参りますのでしばらくお待ちください、と言われ、緊張していたら、どう見ても二十代の若者が入ってきて気が抜ける。

こんなのでも店長になれる店なら、楽勝。

渡した履歴書をうつむいて読んでいる顔を見ながら、その歳を測る。白いワイシャツにネクタイを締めて、その上にブルーのロゴ入りのエプロンを着けている。髪は今の若い男にしたら短めだ。食品を扱っているからか。眼鏡《めがね》をかけていて痩せている。ハンサムではないが神経質そうな雰囲気が、逆に魅力になっている。履歴書を持っている手の爪がきれいだった。これも食品を扱うからだろう。

ふっと、お気に入りのグレーとピンクのミックスツイードのワンピーススーツにヒールの靴を履いて来てよかった、と思う。ねえ、あたしはあなたのお母さんぐらいの歳なのよ、といつか彼に言う時が来るかもしれない。

え、山崎さん、そんなお歳でしたっけ、ぜんぜん見えませんよ。だって、ちゃんと履歴書見せたじゃない。知ってるくせに。だけど、その後、働いている山崎さん見てたら、すっかり忘れてましたよ。きれいだから。


「経験ないんですね」

「は?」

顔を上げた彼は、まったく残念そうでない早口でくり返した。

「こういうところで働いた、経験ないんですね」

「あ、スーパーのレジの経験はありません。でも、ずっと営業補佐や秘書として働いてきたので、接客業には自信がありま……」

ミチルの説明を最後まで聞かず、彼は言った。

「経験者なら、主婦の方でも採用するんですが」

「主婦ではありません」

「あ、そうですか」

彼は眼鏡をずり上げて、ボールペンで履歴書に何か書いた。

「だから、時間は自由になるんですけど」

気がつくとおもねるように言葉を重ねていた。こんなところで働きたくないと思いながら応募したパートだったのに。

「うーん。経験ないのか……」

「経験ないとだめなんですか。入り口にずっとパート募集のプリントが貼ってあるから人が足りないのかと思っていました」

「もちろん、働いてくださる方は、いつでも募集しているんですけどねぇ」

まるでミチルが働けないと、最初から決めつけているような口ぶりだった。

「女子大を卒業してずっと建設会社の営業補佐のお仕事をなさってたんですか……二十九でやめられて、また三十三で働き始められたんですね」

「結婚して仕事をやめたんですけど、しばらくしてまた働くようになったんです。必要はなかったんですけど、退屈だったので」

眼鏡はそうですか、とたいして興味なげにうなずく。

「その後、いろいろな会社に行ってらっしゃいますよね。全部、同じような仕事ですか」

「ええ、まあ、完全に営業補佐として採用されてなくても、そういう補佐的秘書的な業務、といいますか、補助的な業務が多いですね」

「毎回、そのたびに就職活動されて探すんですか」

なんでそんなこと聞いてくるんだろう。

「いいえ。元の会社の上司から紹介してもらったり、親のつてで紹介してもらったり、派遣会社に登録したり」

「そうですか。うらやましいですねぇ。ぼくなんてここに就職するのだってたいへんでしたから」

「ええ、まあ……」

どうやって採用されようが、関係ないじゃないか。

「では今回もまた、そういうふうに紹介されたりしてお仕事を探すことはできなかったんですか」

「……それは……不況で、事務や秘書の仕事も少なくなっていますから」

「ふーん。そうですか。いや、山崎さんのような方は、やっぱり、オフィスで働くのが向いているんじゃないかと思いますよ。ずっとこういうお仕事をされていた方が、うちみたいな立ち仕事はつらいんじゃないですか。肉体労働ですからね」

それは、ミチルにもよくわかっている。さんざん事務職を探して、何十という求人に落ちて、ここに行きついたのだ。多くの募集には年齢の制限など書いていなかったけど、面接すら受けさせてくれないところがほとんどだった。

そうじゃなかったら、どうしてこんなところにいるというのか。

「でも、採用していただいたら頑張ります」

「うちになんか来たくないんでしょ」

彼は初めてにっと笑った。くしゃっとした笑顔を見て、彼は案外若くないのかもしれない、三十過ぎているのかな、とミチルは思った。けれど、その顔の皺《しわ》は悪くなかった。

「そんなことありません。もし、採用していただければ一生懸命働かせていただきます」

「お一人なんでしょ。ここで働くだけじゃ、食べていけないんじゃないですか」

「あ、マンションに住んでいますから」

「持ち家？」

「はい」

「ああ、そうなんですか。それはそれは。いや、ではなおさら、もっと自分に合ったところをゆっくり探された方がいいですよ。うちとしては、即戦力っていうか、経験者ですぐにでも働ける方を探しているんです。または二十代の学生さんをね。覚えが良くて、飲み込みが早くて、素直な」

あたしだって素直ですよ、と言いたくなって、でも、それを言ったら素直でないと認めるようなものだ、と我慢した。

「とりあえずですね、こちらの方に名前を書いていただけますか」

彼が取り出したファイルの中には、ずらりと住所と名前が並んでいた。

「これ、なんですか」

「レジのパートの順番待ちリストです。今、三十二人待ちですね。あ、山崎さんで三十三人待ちか」

渡されたボールペンには彼の手のぬくもりが残っていた。けれど、ミチルはすぐには書けず、じっとそのリストを見つめた。

結局、ミチルは、リストに名前を書くことなく、帰ってきてしまった。下を向いて歩く。連絡が来るのがいつになるかわからないけれど、やっぱり一応、書いてくればよかったのだろうかと迷った。すぐにでも戻りたいような、戻りたくないような道を振り返る。

商店街は、午前中なのに人通りがあって活気があった。

店で呼び込みをしたり接客をしたりする人々と、買い物籠を提げている初老の女性客、ベビーカーを押している母親……そういう人を見ているうちにだるくなって、戻るのはやめてしまった。

新しい一歩を踏み出さなければならないということは、もちろんわかっているつもりだし、それがいつかはできるはずなのだけど、なぜか体が動かない。

前の仕事をやめてから、そろそろ二か月が経とうとしているのになかなか次の仕事が見つからない。長期の休みだと考えて、海外にでも行ってこようか、習い事でもしようかとも思うが、どうもこれまでとは違うようだ、という注意ランプが体の中のどこかに点《とも》っている。ずっと見ないふりをしているけれど。

数軒先に、セルフのうどん店があるのを見つけて、ここでお昼を食べよう、と中に入った。家に帰れば冷凍したごはんもあるし、冷蔵庫にあるもので自炊できないことはないけど、こんな日に家で一人で作っていたら落ち込んでしまいそうだった。

かけうどんの小を選ぶ。腰のある麺、きちんと出汁《だし》の利いたつゆで、一杯百円だ。それにやっぱり百円の野菜かき揚げを入れて、二百円。揚げ玉やかつお節は入れ放題だし、お茶も飲める。

そろそろ切り詰めなければいけない時期ではある。貯金は、結婚中になんとなくしていた三百万あまりだけだ。離婚した時に夫が譲ってくれたマンションがあるものの、修繕積立金やなんやかんやで月々二万円ぐらいは払わなければならない。

うどんを口に運んだとたん、

「結婚させられた」

急に鈴木徹の一言がすっと頭の中に差し込んできて箸の先がふるえ、うどんの麺がつゆに落ちた。小さいけれど確かな跳ね上がりがあって顎がはたかれた。数滴なのに、平手でぴしゃりと叩《たた》かれた時のように響いた。

「結局、あいつと結婚することになったよ」

と彼はなぜかそのあと言い換えた。

かなり薄れてきた、と思っているのに、こうして無心になって食事をしたりしている時、急に言葉のひとつひとつが鮮明によみがえる。

最初に、させられた、と言ったのは、ミチルに対する遠慮のようなものがあったのだろうし、あとで言い換えたのは、何を弱気になるものか俺よ、と自らに叱咤激励《しったげきれい》の鞭《むち》を入れたのだろう。

どんな言い方をしてちゃらにしようと、鈴木とミチルは付き合っていた。まぎれもなく。三年も。

お互いのマンションを行き来していたし、旅行も何回もしていたし、金の貸し借りもしていたし、もちろん、別れる直前まで頻繁な肉体関係があった。

なのに、なぜか、彼はそんなことなかったかのように振る舞っていた。まるで友達のひとりに報告するかのように、ミチルにそれを伝えた。そうすれば、わずかでも罪が軽くなるとでも思っていたのだろうか。それとも泣かれたり騒がれたりするのを防げるとでも思ったのだろうか。

「俺の立場じゃ、子供も作らなきゃならないしね」

ミチルの言葉をさらに封じるように、彼は言った。そうすれば、ミチルはぐうの音《ね》も出ないとわかっていたのだろう。

その狙いは当たった。ミチルは黙るしかなかった。

鈴木は四十八歳でミチルより三つ上だ。けれど、相手の女は三十九歳らしい。それだってかなりいい歳だと思うのだが、妊娠の確率はごくごくわずかに高い。

だいたい、立場ってなんだ。鈴木は父親が早くに亡くなり、故郷に母親を残して東京で一人暮らしをしていた。兄弟はいない。けれど、たいして親の面倒も見ずにふらふらしていた。母親はまだ元気だし、気楽なもんだよ、と言って、正月休みにも帰省せず、ミチルとスキー旅行や海外旅行に出かけた。名家でも商売をやっているうちでもない、普通の家だ。家の名前を残す？　鈴木なんて日本中にいくらでもいるだろう。

いや、鈴木家が名前を残したいならそれでいいのだが、それなら言ってくれればいい。子供が欲しいのだと交際の最初に言ってくれれば、こんなに深入りせずにすんだ。

もともと、その気がないミチルを、拝むようにして付き合ってほしいと頼んできたのは、彼の方だった。

ミチルが職場の上司から勧められたワインパーティで知り合った。ひとりでは心細かろうと、上司が相手役として付き添わせたのが彼だった。取引先の役員からの紹介だと言っていた。広義のお見合いのようなものだったのかもしれないが、次の日、どうだった？　と聞いてきた上司に「ぱっとしませんでした」と答えると、だろうな、俺もそうかと思っていたんだよ、すまんすまんと謝られる程度の男だった。

鈴木は女性経験がほとんどないらしく、本人もそれを認めていた。

背は小さくてミチルと同じぐらいしかなく、かなり毛深い。眉と眉がくっついている。男らしいと言えなくはなかったが、小ぶりのゴリラという方が近い。不潔なわけではないのに、清潔感がない。コンパでもお見合いでも、第一印象ではねられてしまう。そのせいなのか、かなり奥手ではっきりしたことを言わない。たぶん、風俗店で「初めて」をすませたクチだろう。

けれど、まめでなんでも言いなりになる人だった。奥手なだけに、ただ黙ってミチルの言うことを聞く。あれが食べたい、あそこに行きたい、という願いならたいていのことはかなえてくれた。予約が取れないレストランやプラチナチケットのコンサート、限定販売のコスメまで、鈴木は持ち前の財力と熱心さで手に入れてくれた。

まるで二十代に戻ったかのような便利さだった。そうしているうちにわきにいてくれるのが自然な男になって、たいした奴じゃないけど、これからも一緒にいられればいいなと思うようになった。

その矢先に、結婚市場《しじょう》の現実を突きつけられることになる。

鈴木は誰もが知っている大手銀行の課長職だったのだ。

母親から薦められた、故郷の幼稚園教諭のいき遅れの女と見合いをすることになった、とある日言ってきた。写真を見せてもらったが、髪がぺたんとした老けた女で優しそうな微笑《ほほえ》みを浮かべていたがブスだった。ミチルちゃんの方がずっと若く見える、と言ったのは彼の方だ。

あんな女でも子供を産める年齢が貴いのか、老母が気に入ったのが大きかったのか、それとも何か他に理由があるのか。

ミチルはせめてそこだけは聞きたいと迫ったが、鈴木は明確な答えをしなかった。一度、見合いのあと、老母の具合が悪いとかなんとか言ってこまめに帰省しだした。鈴木のマンションに別の女が来ているのではないか、と思わせる節があって、おかしく感じたとたん連絡が途絶え、数週間後の電話で、すでに結婚していることを告げられた。

ミチルは中二の頃から今の今まで、別れを告げられたこと、端的に言えば振られたことは離婚を含めて一度もなかったので愕然《がくぜん》とした。鈴木との別れを予想したことはなかったが、別れるなら当然、自分の方から言い出すのだと思っていた。たぶん、他に好きな人ができるのだろうと。鈴木のことをばかにしてさえいたのかもしれない。自分に夢中になっているさえない男、もっといい相手がいたらいつでも別れてやろう。

それなのに振られたことがショックだった。ひどく落ち込んで、いったいどこがいけなかったのかと考え込んでしまった。

ミチルがその理由を尋ねたほかは責めないと知ると、鈴木はそれからもしばらく電話をかけてきた。驚いたことに、彼はこれからも関係を（もちろん、主に体の関係を）続けられると思っているらしかった。

彼は露骨に妻との性関係がよくないことを説明し、ミチルほどそれが合っていた女はいない、としゃあしゃあと言った。

彼の結婚のショックから立ち直れなかったミチルは、当初、電話を無視することができなかった。しかし、話は必ず、近況から始まって、またミチルのマンションに行きたい、というところに行きつく。

その後、ミチルの方から「連絡してこないでほしい」とメールをして、今、それはやんでいるが、たぶん、こちらから連絡すれば再び関係を始めることは可能だった。

それがまた、ミチルを苦しめた。

彼が連絡や関係を完全に絶ってくれれば諦めもつき、早いうちに立ち直れたのかもしれない。けれど、いつでもまた再開できるのだ、ということが思い切りを弱らせる。吹っ切れた気持ちに、時々、大きな揺り戻しが来る。

連絡してみようか。

一晩中、その携帯電話を見つめてしまったこともあった。

そんな中で、ミチルは仕事まで失《な》くした。

自分が悪いのは承知の上なのだが、鈴木の結婚を知らされたあと、三日間無断欠勤した上に仕事も休みがちになった。一か月以上もその状態が続いて、再び一週間も無断欠勤した。なんだか急に会社に行くのが億劫《おっくう》になったのだ。その間、仕事場から来た電話に出ずメールにも返答しなかった。仕事を紹介してくれた元の上司からの電話も無視した。

このままでは警察に通報するしかありません、と山梨の母親に連絡が行き、東京にいる妹がまだ幼児の末っ子の手を引いて家まで来た。

ふさぎ込んでいるミチルを見て、十歳年下の妹の珠代《たまよ》は心から呆《あき》れた顔で言った。

「救いがない」

ミチルはテーブルの下で、以前、鈴木が贈ってくれたテディベアを引っ張ったり振り回したりしている姪《めい》っ子を見ながら、作ってもらったおじやを食べる。別に風邪をひいているわけでもないのに、なんでこんなものをと思ったが、割り入れられた卵が口に優しかった。母が作ったのと同じ味だった。

「なんでいい歳して男にだまされたりするの」

「だって」

「みっともないって友一《ゆういち》さんも言ってる」

友一は彼女の夫だ。年収三百万の。

「みっともないって」

「紹介してくれた涌田《わきた》さんもかばいきれないって言ってるってよ。病気ならともかく、違うなら退社するしかないって。もちろん、その前に謝るんだよ。そうでもしなけりゃ、次は紹介してもらえないんだから。どこか診断書、書いてくれる病院とかないの？ なんとか診断書を用意して、謝罪して」

「そんなことまでしなきゃいけないなら、やめるよ。ばからしい」

「やめるって、どうするのよ、これから。これまでお姉ちゃんみたいな人が就職できてきたのが、奇跡的なんだからね。友一さんもそう言ってるんだから」

息継ぎするみたいに、夫の名前を出すのが彼女の会話の特徴だ。

「お姉ちゃんぐらいの年代の人は就職で苦労してないから、軽く考えてるんだよね。うちらみたいなロスジェネで大変な思いをした人間とは違うんだよ」

軽く考えてる？ あたしからしたら、あんたらみたいなロスジェネ世代が年収三百万で子供作ってる方が信じられませんけど？　将来を軽く考えてるんじゃないですか？

心の中で思ったが、さすがに言葉にはできない。年収について言ったらその時に、姉妹関係はおしまいだと思う。

けれど、一言ぐらいは返したかった。

「あんたたちみたいに、子供をどんどん作れる方が、苦労知らずだって思うけどね」

年収のところははぶいて言った。

「あれでしょ、お姉ちゃんは、うちらみたいな稼ぎで子供作るなんてって思ってるんでしょ。将来どうするつもり？　って」

言わなくても、伝わっている。

「わかるよ。いつもそういう顔してうちらのこと見てるもん。だけどさ、お姉ちゃんが子供作らなかったのって、将来がどうのこうのってことじゃないでしょ。そう言い訳しても本音は違う」

「どういう意味？」

「まだ諦めきれないんでしょ」

「え」

「他の人の人生より、自分のことが大切で、人生にはまだ先がある。もっといいことがあるって夢見てるんでしょ」

夢？　妹の顔をまじまじと見てしまう。夢？

「ないよ。いいことなんて、お姉ちゃんの人生にはもうない」

ミチルの視線から目をそらしもせず、彼女は言い切った。

「離婚の理由は、お姉ちゃんが他に好きな人ができたからなんでしょ」

「……それ、あんたに話したっけ？」

「お母さんから聞いたの！　お母さん、泣いてたよ。お義兄《にい》さんからはちゃんとお母さんにお詫《わ》び状が届いたんだってよ。いい歳して、あんなに立派な人とそんな理由で別れるなんて、最低人間だよ」

「だって、しょうがないじゃない。じゃあ、どんな理由ならいいわけ？」

「その時の人とはどうしたの」

「離婚したら熱が冷めちゃったのかな。飽きちゃって、別れた」

珠代は大きくため息をついた。

「だって、しょうがないじゃない」とミチルは意味もなくつぶやく。

珠代の言う通りだった。

ミチルはどこか人生を諦めていない。

ミチルたちは見てしまっていたのだ。二十代の頃に。

一番強い時代、若くて美しかったら決して負けない時代、何も怖いものがなかった時代を。

　今でもどこかで思っている。あたしたちが最強なのだと。ほんの少しきれいで、ほんの少し頭が良くて、ほんの少し若い女。それだけで、世の中は楽に動いていった。

　だから、いらつくのだ。今の二十代や三十代がしみったれた顔をして、しみったれた服を着て、しみったれた仕事をしているのが。

　なぜ、もっと上を見ないの？　なぜもっと夢を見ないの？

　言い過ぎたと思ったのか、珠代がキッチンに立って、お茶をいれなおしてきた。

「あたし、昔、お姉ちゃんのこと、ずっと憧れてたんだからね。きれいでかっこよくて、お金持ちでさ。あたしが中学の時、銀座でご飯食べさせてくれたじゃん」

「そうだったっけ？」

「フレンチでフルコース。お昼だったけど。あれ、めちゃくちゃ嬉しかった。オードブルとかきれいな盛り付けでさ。あたし、あんなの初めて食べた。そしたら、途中で男の人が来て、全部払ってくれたじゃん」

「ん？　誰？」

「宗方《むなかた》さんとかいう人。かっこよかったじゃん。大人の男って感じで。あれ、すごく覚えてるなあ。あんな人にお金払わせて、お姉ちゃん、平然としててさ。彼氏なの？　って聞いたら、面倒くさそうに、違う、あんなの付き合うわけない、って。あたしも就職したら男の人にあんなことさせるんだぁ、って思ってた」

「そんなことあった？」

と言いながら、すっかり宗方のことを思い出している。

「まあ、あいつはばかだったからね。ああいう男は他にもいっぱいいたし」

「いまさら、自慢する？」

「嘘じゃないもん。本当にモテてたんだから」

「じゃあ、どうしてこんな簡単にだまされたのよ」

鈴木のことを言っているのだろう。

「だって、どうやったら、だまされたなんてわかるの？　君のことが一番好きだって、好きな人が言ってくれて、それのどこを疑えばいいの？　どこから疑えばいいの？」

「他に女がいるって気がつかなかったの？」

「気がついたって、聞いたら、君の方が好きだって言うんだもん。どうしたら気がつけるの？　皆、そんなにいつもだまされるって思いながら付き合ってるの？」

珠代はため息をついて、しばらくミチルの顔を見ていた。

「そんな……ひどい顔で」

痛ましそうにつぶやく。

「え、そんなにひどい？」

あわてて鏡をのぞく。目がつり上がって、形相が変わっていた。

「あー、いや」

テーブルにがばっとひれ伏す。

「お姉ちゃんは、恵まれ過ぎてたんだよ」

珠代は後ろに回ると、ミチルの髪を束ね始めた。昔から手先の器用な子で、髪をいじるのが得意だった。三つ編みにして頭にぐるりと巻きつける。

「女教師みたい」

「でも、すっきりして見えるよ」

「いやいや、やめて」

珠代は次々とツインテールにして三つ編みしたり、夜会巻きにしたりした。最後は両脇を取って三つ編みしてたらす、という母のお気に入りで、ミチルも珠代も子供の頃にしていた髪型に落ち着いた。ふっと足元を見ると、珠代の子も同じ髪型をして、ぽかんと見上げている。

「小学生みたい」

「これ、毎朝、お母さんに結ってもらってたよね」

こんな頭にしている子は他にいなくて、ミチルはその頃流行《はや》り始めていた段カットにしたいと何度も頼んだのだ。けれど、母はがんとして受け入れなかった。

ミチルや珠代は山梨の生まれだが、母は東京生まれで、うちはどことなく他と違っていた。だからだろうか、母はあまり周囲の母親たちとなじめずにいた。

上の子供が学校から帰ってくるから、と言って、珠代は帰っていった。ちゃんと謝りなよね、就職もしてよね、と言いながら。

文句を言いながらも、珠代のおかげでなんとか起き上がることができ、会社にも連絡した。結果、仕事はクビになったが、元上司には謝ることができた。

あれから、二か月が経とうとしている。


「結婚しないわ」

あの日、ミチルは微笑みながら力強く断言した。彼から地元に戻るから一緒についてきてくれないか、と言われた日。

宗方は業界紙の記者だった。

地方の建設業者のぼんぼんで、六大学のどこかを卒業したあと、どうしても新聞記者になりたいとさまざまな会社を受けたにもかかわらず全滅した。

親が地元の議員に頼んで無理やり押し込んだのが、建設関係の業界紙だった。ミチルが担当していた役員のところに何度か取材に来て、顔見知りになった。

あの時代、どこも落ちる、というのはかなり救いようがなかった。

実際、宗方はダメだった。ミチルよりもずっと偏差値の高い大学を卒業しているにもかかわらず、時々、呆れるほどの頭の悪さをさらす浅はかなことを言った。

数字に弱くていつも間違え、抗議を受ける。取材した内容をきちんとメモしないからとんでもない記事を書き、すれすれのところでデスクが気がついて事なきを得た、というような話がいくつもあった。

失敗をしても反省がなく、同じ間違いを平気でくり返す。自分をできる人間だと思っていて、マスコミ論や業界論を振りかざす。下手すると建設会社の役員にまでとうとうと薄っぺらな持論を語る。俺たちはマスコミだから彼らと同等なのだ、とどこかで聞いてきた理屈をこね、ため口で話す。そして、皆にばかにされ嫌われる。

背はそこそこ高くていつもいいものを着ていたから見栄えはしたけど、中身を知ってしまうと逆に余計空っぽに見える、という得なのか損なのかよくわからない性分だった。

ミチルのところにも、広報を通じて連絡してきた。駅前に商業ビルを建てる時、大々的な記者発表をするために、営業部のミチルたちも手伝いに駆り出された。その席で、宗方はミチルを見初めたのだ。広報の係長から、宗方君がどうしても一度お話ししたいと言っているから会を設けたいのだが、と頼まれた。そんな情けない男は後にも先にも宗方だけだった。

業界紙とはいえ記者に頼まれたら広報は断れないし、ミチルも上司に頼まれたら断れない。なんと姑息《こそく》な人間なんだろうかと思った。

しょうがなく、係長も交えて、ランチを食べた。

いつも空威張りしている宗方は、ずっとうつむいて話さなかった。ミチルと係長だけがスムーズに進むようにと気を遣って会話していた。

仕事だと思ってにこやかに話しながら、ミチルは心の底から宗方をばかにしていた。終わったあと、当然、営業部の先輩たちに宗方をこき下ろし、彼は営業部全体からばかにされる存在になった。

当時、携帯電話がなかったから名刺を渡すと、宗方はちょくちょく職場に電話してきた。

電話を取り次ぐたびに、先輩たちはくすくす笑った。誰もミチルを非難したり、ミチルに嫉妬したりする人はいなかった。なぜなら、皆、同じような利用できる男がいたから。

なんのとりえもない男だったが、とにかく金を持っていて払いがいいのと、会社のタクシーチケットを持ってたこと（たぶん、それは建設各社が提供したものだったろう）、嫌なことがあった時に呼び出して罵倒するとすっきりする、などの利用価値があった。

なんだかんだで、最初の会社を退職するまで七、八年の付き合いがあったのではないだろうか。

宗方は、妹が上京するという話を聞いて、喜んで銀座まで金を払いに来たのだった。ばかだけど悪人ではなかった。ただにぶくて、想像力がないだけだ。それは本人が悪いわけではない。

彼は一人で地元に戻って、親の会社を継いだはずだ。

「だから、結婚しないってさっきから言っているでしょ」

買ったばかりのオープンカーに乗っていた。ミチルは車に興味がないから、車種はなんだかぜんぜんわからない。ただ、一度、オープンカーを見た時に、あんなのに乗ってみたい、と言ったら、それを買ってドライブに連れて行ってくれた。プロポーズはその時だ。

宗方はいつものように似合わないダブルのスーツを着て、それはネクタイが必要なスーツだったのに、休日だからしていなくて、ワイシャツの第二ボタンまで開けていて、胸元ががばがばしていてものすごく変だった。

どうして、あたしが、こんなみっともない男と付き合わなくちゃならないのか。

それなのに、宗方はミチルの声が聞こえないかのように、ずっと話し続けている。

「ミチルちゃん、絶対に、うちの田舎なんて気に入らないと思う。俺も気に入らない。だから、ミチルちゃんが必要なんだ。二人で帰ってさ、親の会社の金で、楽しく遊ぼうよ」

二人で帰る……？　帰るのは、あなただけで、あたしは「行く」でしょ。あたしの田舎じゃないんだから。なに寝ぼけたこと言ってるの。

ミチルは髪をなびかせながら、もう一度言った。今度もはっきりと聞こえるように。

「あたしは誰とも、結婚しないわ」

そして、横で凍り付いている宗方に微笑みかけた。

ミチルはあの頃、何も怖いものがなかった。毎月手取り二十二万円の収入があり、会社の寮があって、好きなだけ服を買って、食事は毎日、男のおごりや仕事の接待でまかなわれていた。収入はそう多くなかったが、生活費があまりかからなかったから、好きなように使えた。それなのにどうして、宗方の「気に入らない」田舎になんか行かなくてはならないのか。

もう一度言う。ミチルは何も怖いものがなかった。

若くて毎日外食しても太らない肉体があり、毎朝化粧ののりは良くて、日経平均はうなぎのぼり、年金制度は崩壊していなくて、少子化どころか子供が多過ぎて大学の倍率は毎年最高値を更新し、一度買ったマンションは必ず値上がりした。誰もなんにも気がついていなくて、薔薇《ばら》は赤くてすみれは青く、砂糖は甘くてあなたもそう、だったのだ。

「だいたい、どうして、あたしにプロポーズしようなんて考えたの」

あまりにも不可解でミチルは思わず尋ねた。

「それは、故郷に帰るなら付き合っている人にプロポーズするのが礼儀だろう」

宗方はそう言いながら、泣いた。まさに男泣きにおんおん泣いた。

「だって、あたしあなたと寝たことなかったよね？」

「でも、ミチルちゃん、処女なんだろう？」

心底呆れてため息が出た。

「付き合ってないよ」

そう言ってやったけど、さすがに気の毒だったので、小声になってしまった。彼に聞こえていたか、わからない。

彼は地元の中部地方で結婚した女との年賀状を毎年送ってくる。

結婚直後はモールの付いたピンク色の襟なしスーツを着たブスでセンスが悪いど派手な女とのツーショットだった。それから、律儀に毎年一人ずつ子供が増えていった。皆、同じようなど派手な服を着せていた。数年前の年賀状で長男はどう見てもぐれているとしか思えない髪型と制服だった。

いまだにこういう絵に描いたような不良って田舎にはいるのね。

ミチルは逆に感心してしまった。

そういうものを送ってくるのも、彼がにぶくて想像力がないだけなのだ。

そう考えると気の毒になる。

一度面接を断られてしまうと次はそう簡単に動き出せなくて、スーパーに行ってから二週間が経った。

しばらくあそこには行けない、とこそこそ別の店で買い物していたのだが、ふっと、逆に何を恥ずかしがる必要がある、悪いことをしたわけでもないし、と考え直して、前と同じように通うようになった。

面接をした店長とはすぐに顔を合わせた。向こうも気がついて、あれ、という表情で会釈をし、挨拶ぐらいは交わすようになった。彼はミチルが品物を選んでいると、それをひょいと取り上げて奥に持っていき、値引きシールを貼るぐらいのサービスはしてくれるようになった。

とはいえ、ミチルの生活が何か変わったわけではない。

相変わらず、夜はぼんやりとインターネットやテレビを眺めて過ごし、日が昇る頃に起きる、という生活を続けている。昼間の時間が長い。

ぼんやりしていてもお腹は空《す》いてくるし、だらだらと過ごしていると、考えるのは食べることばかりで、二キロ太ってしまった。試しにスーパーの面接の時のスーツを着てみたら、心なしかきつい。

何か仕事を始めなければいけない。体のためにも、心のためにも、と言い聞かせた。しかし、アルバイトを探すために求人を求めて歩いたり、情報誌を手に入れたり、という気力さえ失っていて、家から出ることも億劫だった。

悪いことは重なるもので、早朝、前の夫から久しぶりにメールでたたき起こされた。

——マンションの管理費を納めてない住人がいるって手紙が来たぞ。あと、ゴミ置き場の使い方が乱れているから気をつけるように、って。どうなってるんだよ。しっかりしろよ。

ミチルはまたかとうんざりする。

元夫から離婚時に譲られたマンションは、ミチルの名義になっているが、どこの手続きが間違ったのか、時々、前の名義の元夫の方に連絡が行ってしまうのだ。

——知らないわよ。管理費も払ってるし、ゴミ置き場もきれいに使っている。

——じゃあ、いいけど、気をつけろよ。みっともないことをすると、おれらが恥をかくんだから。

おれらっていうのは、誰なんだろう。元夫とミチルか、それとも元夫と今の妻か。

考えると頭にくるだけなので、何か食べようと起き上がった。

冷蔵庫や冷凍庫の中に何か食べるものがないか考えるが、何も思い浮かばなくて、しょうがなくベッドから出る。パジャマの下だけジーパンにはき替え、上は薄いジャケットを着てごまかす。財布を握って、部屋を出た。

誰にも会わなければいいな、と思いながら、マンションの下に降り、ポストをのぞいた時、放り込まれたチラシに目が釘付《くぎづ》けになった。


ポスティング・スタッフ募集!!


当社でご用意した、さまざまなチラシを担当地区の戸建て、またはマンションに配布していただく簡単なお仕事です。

まずはお気軽にお電話下さい。

☆一日でまとめて配っても、数日に分けて配ってもOK!
☆お好きな時間に働けます!
☆経験・年齢・学歴不問!(学生不可)
☆面倒な人間関係、いっさいありません!
☆健康に!美容に!
☆チラシは宅配便でお届けします。出社不要!

東菱興業株式会社
TEL 0120-XXX-XXX

「!」だらけの文章に、いいかもしれない、と思った。

スーパーのパートを断られる前だったら、こんな仕事までする必要はないと思ったかもしれないが、今は贅沢《ぜいたく》は言えない。

これだって面接に落ちる可能性があるのだ。

何より経験年齢不問が良いし、健康的なのが良い。人間関係がないというのも気楽かもしれない。

アルバイト料は書いていないけど、そう高いことはないだろう。けれど、家の中でぼんやりしているよりか、なんぼかましだ。

スーパーで一度しぼんだ勇気をまた振り絞って、帰宅後、電話をしてみた。すぐに初老らしい声の男性が出て、事務所の場所を教えてくれる。翌日、面接と業務説明を兼ねた話を聞くために赴くことになった。

今度は、さすがにスーツはいらないだろう、でも、ジーパンというわけにもいかない、と薄手のウールのパンツをはいて出かける。

二週間引きこもっている間に、すっかり春になっていた。

もちろん、その間だって買い物などには行っていたのだが、ミチルの方に季節を感じる余裕がなかったのかもしれない。なんだか、こういうバイトを始めるには、ちょうどいい季節のような気がして嬉しくなった。

事務所は二つ先の駅から五分ほど歩いた、雑居ビルの二階で、女性事務員に「ここで待っててください」と部屋の前の椅子に案内される。

そこには、先客がいた。

六十過ぎぐらいの老女が、白髪交じりの髪にきつくパーマをかけたショートカット、グレーのパンツをはき、大きなウエストバッグをして座っていた。ミチルが隣に腰を下ろすと同時に、顔をこちらに向けて無遠慮にじろじろと見る。あまりにも堂々とした視線で、むしろ気持ちのいいほどだった。

こういう人は、たぶん、見るということに何も罪悪感がないか、見ているという意識さえないんだろうな、とミチルはその視線を受けとめながら思った。

「あなた、新人の人？」

五分ほども見たあげく、彼女はやっと声をかけてきた。

「はい……まだ採用されてはいませんが」

答えながら、これだけ見つめられると逆に早く声をかけてほしくなっちゃうな、とおかしくなった。

「大丈夫、あなたなら採用されるわよ」

当たり前じゃないの、落ちるわけないでしょ、と思いながらもどこかほっとしていた。

「そうでしょうか」

「私みたいなおばあちゃんだってできるんだもの」

「いえ、そんな」

「いいわよ、この仕事。自由だし、健康的だし。私は五年目になるわ」

「はい」

「ほら、歳取ると、どうせ、ウォーキングとか言って、一日に一時間や二時間は歩くじゃない？　だったら、お金もらった方がいいものね」

「そうですね」

「この頃じゃ、うちのじいさんも一緒に歩くのよ。一緒にいたいんだって。うっとうしかったけど、慣れれば悪くないわね。まあ、おもしろみもない人だけど」

　愚痴だかのろけだかわからないことを言う。

「今日は担当地区がずれることになって、地図をもらいに来たの」

「そうですか」

「今までよりも家の近くになって、助かるわ」

「へえ。そういうこともあるんですか」

「初めての人なら、手袋あげようか。就職祝いに」

「え」

　だからまだ採用されてないと言うのに。

「配る時にね、滑り止めの手袋があるといいのよ。チラシの紙がすべるし、紙で手を切ったりするでしょ。これ、私の使いかけだけど」

　ウエストバッグから出してきたのは、軍手にびっしりゴムの滑り止めが付いた、思ったよりずっとごついもので、土木作業員がしているような手袋だ。

「こんなのするんですか」

思わず、小さな悲鳴のような声が出てしまう。

「これが一番いいの。試行錯誤してみた、私が言うんだから」

彼女はミチルの手を握りしめるようにして、手袋を押し付けた。

「夏は暑いから、指サックがいいわよ。文房具屋に売ってるやつ。ちゃんとサイズがぴったりしたのね。両手にはめるのよ」

それから彼女は、バッグはA4サイズが入る肩掛けが一番とか、マンションで管理人に注意された時の謝り方のコツとかを早口に話してくれた。

「時間があれば、じっくり教えてあげられるんだけどねぇ」

頼んでいないのに、悔しそうに身をよじる。

「携帯を交換しておこうか。もし、質問とかあったら連絡してちょうだいよ」

え、携帯を交換？　とびっくりしたが、それはもちろんメールアドレスを交換するという意味らしく、彼女は意外に手早くさくさく携帯を操作してメールアドレスの交換をした。

「私、桜井町に住んでいる、渡辺佳代子《わたなべかよこ》です。よろしくね」

「あ、山崎ミチルです、ども」

佳代子はミチルのスマートフォンを見て、うらやましそうに「そういうの使いたいんだけど、どうしたらいいのかわからないし、娘や息子に相談しても面倒くさがられる」と嘆いた。こんなの簡単ですよ、というような返事をしているうちに、佳代子が呼ばれた。

しばらくして、ミチルの方は佳代子とは別の部屋に入るように言われる。そこには人が好《よ》さそうな小柄の、カーディガンを着た老人がいて、にこやかにソファに案内してくれた。

「今そこにいた渡辺さんと話した？」

「はい」

「じゃあ、ここのことはあらかたわかったでしょう。わたしらが説明するよりも、ずっといい」

返事に困って苦笑する。

「わたしは社長の熊倉《くまくら》です。よろしく」

「あ、山崎ミチルです。よろしくお願いします」

立ち上がって、お辞儀をした。

「まあ、座ってください。ざっと説明しますね。一週間にお願いするチラシは、五百枚から二千枚ぐらい。ただ、これはもっとできそうだったら増やしたり、むずかしそうだったら減らしたりできます。このチラシをお好きな時間に配っていただきます。集合住宅は一枚二円、一戸建ては五円です」

そうすると一週間に五、六千円ぐらいになるのか、と計算する。

「安くてびっくりした？」

「あ、いいえ」

「本当に？」

にこにこ笑いながら、顔を覗き込んでくる。

「……ちょっと安いと思いましたけど」

祖父のような父のような熊倉に尋ねられると、ミチルはつい白状してしまった。

「だよね。まあ、枚数の方は慣れてくると集合住宅なら一時間で五百枚ぐらいは可能みたいよ」

「あ、そうですか」

「一日に四時間とかできちゃう人もいるし、頑張れば稼げますよ」

金額は気にしていないつもりでも、そう言われると悪い気はしなかった。

熊倉は、地図を出してきて、ミチルが配る地区を教えてくれる。家の近くの一つ先の駅のあたりで歩いていける場所だった。

「ちょうどよかった。山崎さんの家の近くが空いていたから」

「はい」

じゃあ、来週から家にチラシをお届けしますから、などと言って、熊倉は席を立とうとする。

「あの」

「なにか？　質問ですか」

「面接はしなくてよかったんですか」

「面接？　だって、今こうしてお話ししてるじゃない」

「でも」

「会社まで来てもらったのはね、あなたがどういう方か見るためですよ。見ればだいたいのことはわかる。この仕事は信頼関係です。チラシをちゃんと配らずに捨てちゃったり、隠しちゃったり、くしゃくしゃにして突っ込んだりする人がいるの。もちろん、そんなことないように、時々、抜き打ちで検査もするけどね。でも、最後はその人柄ですよ。あなた、そんなことする人？」

慌てて、ぶるんぶるんと首を横に振った。

「しないでしょう？　それは見ればだいたいわかります」

「すごい眼力ですね」

「いや……だまされることも多いけどね」

ミチルと熊倉は一緒に笑った。

「じゃあ、あたし……採用なんですね」

熊倉は丁寧にお辞儀をした。

「もちろん、採用ですよ。これからよろしくお願いします」

ミチルは思わず肩で息を吐《つ》いた。

ここ、数か月間、聞いた中で、一番優しい言葉のような気がした。

2

「ほらほら早く。ちゃっちゃと入れていく！」

佳代子が道の先で怒鳴る。腕を組んで仁王立ちだ。

「また、基本姿勢、崩れてるわよ！」

基本姿勢？　陸上や体操じゃあるまいし。

渡辺佳代子から、チラシ配りの極意を教えましょうか、というメールが、面接の翌日にはあった。

正直、チラシ配りなんて教えられなくてもできる、年寄りに会うなんて面倒くさい、と思った。けれど、ミチルが担当する地域は以前、佳代子も一部担当していて、効率的な回り方を教えられる、配り方の効率が上がれば配れるチラシの数も倍以上違う、という言葉に魅《ひ》かれてつい受けてしまった。

待ち合わせをした近所の公園で、佳代子はまずミチルが持ってきたバッグをきっちり斜め掛けにさせた。その鞄《かばん》も、佳代子がA4以上、斜め掛けができる軽い素材、と指定してきたものだった。靴は当然、スニーカーだ。

バッグにチラシを収め、手袋をはめた手で一枚出してはポストに入れる、一枚出してはポストに入れる、という動作を何度かさせる。午前中の公園にはミチルたちの他は、散歩の年寄りとベビーカーを押す親子連れしかいないものの、かなり恥ずかしかった。

けれど佳代子は気にもせず、バッグに入れた手が取り出したチラシを丸めて最短距離でポストに伸びる、という動作が「華麗に」なるまでそれを続けさせた。

「面倒だと思うでしょ。こんなのどんなやり方でも同じだって」

図星を指されて、ミチルは苦笑しながらうなずいた。

「でもね、とんでもなくたくさんのチラシを配るんだから、無駄な動作がない方がいいの」

そして、やっと歩き出したのだが、練習でやるのと実際にやるのとでは大違い、大変な体力を消耗させられる。

「これでもあなた、ましな方よ。その手袋のおかげですべらないし、手も切れないでしょう。私なんか最初は大変だったんだから」

狭い道の両側に一軒家が立ち並んでいる場所は一方通行でかわるがわるに入れ、道が広いところは片側だけ入れて、折り返して反対側に入れる。

佳代子は、そういった効率の良い配り方の詳細を書き込んだ地図をくれた。

「前に私が使っていたのだけど、慣れればこんなの見なくてすむようになるから」

佳代子は道行く人や住人と目が合えばにこやかに挨拶を交わし、マンションでは管理人にも会釈をしてから配る、という念の入れようだった。ミチルの方は、汗だくで膝もがたがた、チラシを入れるのが精いっぱいで挨拶をする余裕なんてない。

「チラシ禁止って書いてあるところには、配らない方がいいわよ」

「でも、誰も見てないし、一枚でも多く配って帰りたいじゃないですか」

「でもね、こういうところで無理をしても、事務所やチラシの会社や店に抗議がいったりするわけじゃない？　そんなことになったら意味ないんだから。チラシはなんのために配ってる？」

「……なんのためですかね？」

「販売促進のためでしょ？　宣伝のためでしょ？　感じが悪いことしたら、絶対マイナスなんだから」

「はあ」

また、佳代子は、慣れてきたミチルが、チラシを乱雑に入れるのも強く注意した。

「チラシ一枚だって、大切な宣伝なのよ。くちゃくちゃのチラシなんて誰も見ないでしょ」

「まあそうですけど」

「きれいに入れれば、それだけ、見てくれる人も増える。そしたら、売上も上がる。私なんてね、配った地域の売上が上がったって、金一封もらったことがあるんだから」

「本当ですか⁉」

「すごいでしょ。配ったところから家が二軒売れたんだって」

「それすごい」

二時間かけて、半分が配り終わる頃には、ミチルは疲れきってぐったりしていた。

「意外とだらしないわねぇ。それじゃ、今日はここまでにする？」

「はい」

「あとはできるでしょ」

「大丈夫だと思います」

「じゃあ、冷たいものでも飲みましょうよ。私、ご馳走《ちそう》するから」

駅前のファストフード店に入った。相変わらず、秋葉系アイドルみたいにかわいい女の子が、笑顔で接客している。百円のコーヒーしか頼まないのに、感じがいい。

「あらま。あなた、昼間もいるのね」

佳代子が、すかさず彼女に話しかける。

「はい。今日はシフトの関係で」

「えらいわねえ、毎日。アイスコーヒーだけだけど、そんなに長居はしないからね」

「いいえ、いいえ。ごゆっくりどうぞ。いつもありがとうございます」

端の席に、二人で陣取った。

「佳代子さん、知り合いなんですか」

「ううん。夫とウォーキングの帰りとか、チラシ配りの帰りに寄るだけ。でも、感じがいい子だから、自然にしゃべるようになっちゃって」

「仕事もてきぱきして、美人だし」

いい子だということはミチルも知っていたが、佳代子といると急にその女の子が生きている生身の人間として意識させられた。

「歳とると、男でも女でも、きれいな子を見ると嬉しくなるのよ。元気になるわ」

「ははは。そういうものですか」

ミチルは佳代子に断り、自分のスマートフォンをチェックした。するとまた、「いいわねぇ」とうらやましがられた。

「むずかしいことなんかないんですよ」

「そうなの？　でもパソコンとか必要なんでしょ？」

「なくても使えますよ」

それでそのまま一緒に携帯電話の店に行ってみることになった。

ファストフード店を出て、商店街を歩いた。それだけで、直営店から販売取次店まで、携帯電話を扱っている店が四、五軒ある。

佳代子の現在使っている携帯電話会社を聞くと、夫や子供と家族割引になっているから変えたくない、と言う。

「わかりました。変えないでいきましょう。でも、それは店の人には言わないでください。変えてもいいけど、どうしようか迷っているってスタンスで」

「どうして？」

「ぎりぎりまで交渉した方がいいですから」

「ふーん。今まで交渉なんてしたことないわ。向こうが薦めるのをそのまま買うだけで」

「まあ、話を聞いて決めましょう……佳代子さんはあたしの母親ってことにしましょうね。説明しやすいから」

「なんだか、お芝居するみたい。どきどきしてきた」

店先の機種をいくつか見たあと、一番間口の狭い、派手なポップをいっぱい貼り付けている店に入る。

手持ち無沙汰の若い痩せた男がぼんやり立っていた。ミチルと佳代子が入っていくと、カモになりそうな親子連れが来たと思ったのか、嬉しそうに近づいてきた。

「母がスマートフォンにしてみたいって言うんだけど、使いやすい機種あります？　パソコンとかは使えないんだけど」

「もちろん！　どちらの電話会社ですか？」

「ヒノデ」と最古参の携帯会社を答える。「もっと安いのがあったら、変えてもいいんだけど」

目の端で佳代子が心配そうな表情になっているのに、大丈夫です、と軽く微笑んでみせた。

店員はさらに勢いづいて、さまざまな会社のスマートフォンを出して見せる。

どれも値段の張る機種で最新型ばかりだ。それを分割で払うから、今日はただで持って帰れますよ、と言う。

それだけでも、佳代子はかなり買う気満々な様子で、スマホを手に取りはしゃいでいる。

「これ、色かわいいわね。スマートフォンでもこんな色があるのね」

「色はケースをつけたら、どれでも同じよ。お母さん」

ミチルは一刀両断にぶった切る。

「それよりも、もっと安い機種ないの？　母はスマホ初心者だから安いやつでいいと思うのよね」

「こっちの棚にあるのは、全部、一円です。型落ちですけど」

「え、一円で買えるの？」

佳代子が信じられない、という表情で聞き直す。

その数種類の説明を一通り受けたあと、ミチルは尋ねた。

「これ、今、契約したらなにかもらえる？　パソコンとかタブレット端末とか……」

店員がまいったなあ、という顔を一瞬して、「今なら、タブレット端末を十円でお付けしますけど」

「十円？」

嬉しそうに身を乗り出した佳代子の腕を押さえた。

「お母さん、パソコンやってみたいって言ってたじゃない。パソコンは付いてこないの？」

「でも、いまどき、もやしだって十円じゃ買えないわよ」

「パソコンならこちら」

店員は黒いノート型パソコンを出して見せる。

「こちらを一万円で」

「え、一万でこれもらえちゃうの？」

佳代子がさらに声をはずませる。

「お父さんがパソコンを使ってるけど、私は触らせてもらえないのよ。私にもできるかしら」

「お父さんに教えてもらえばいいじゃない」

「そうねえ」

「でも、タブレットの方が、使いやすいかもしれないけど……」

今にもこれに決めます、と言わんばかりの佳代子の肩を触って押し止《とど》め、「一万円かぁ」と不満そうにつぶやいてみせた。

「まあ考えてみますね。また来ます」

え？　買わないの？　という顔をしている佳代子を引っ張って店を出た。店員も同じような表情だった。

「気の毒だったわあ。あんなに一生懸命説明してくれたのに」

「他のも見てから決めましょう。今聞いた話が他の店で交渉するのに使えますし」

「そうなの？」

「パソコンとタブレット端末とどっちがいいですかね。タブレットの方が簡単に使えることは確かなんですけど」

「そうねえ。パソコンもやってみたいけどねえ。どちらも自信があんまりないの」

「家に無線ＬＡＮはあります？」

「たぶん、地デジ化でケーブルテレビを契約した時に、そんなのに一緒に入ったはずよ。便利だって言われた割に、お父さんのパソコン以外使わないけど」

佳代子のようなしっかりした人でも、お年寄りはなんでも言うなりに入っちゃうものなんだな、と新鮮な発見をしたような気持ちになる。

「それなら、タブレット端末もすぐにつながりますね。画面も大きいから使いやすいかもしれません。でも、スマホが大きくなったようなものですから用途がかぶってしまうかもしれませんね」

さらに数軒、同じようなことをして回り、その都度「他の店では、こうこうしてくれる」というようなことを言って、さまざまな条件を引き出した。また、自社の携帯会社に変えてくれれば一万円を贈呈します、というところもあった。

再度ファストフード店に入って佳代子と話し合い、今回はタブレットはやめて、パソコンをもらうことにした。

会社を変えれば一万円くれるところもあるのよ、と言ったら、パソコンを付け、さらに携帯会社を変えなければ現金一万円を贈るという条件を出してきた店があったので、そこに決めた。

「なんか、すごい。スマホがただで、しかもパソコンと一万円もいただけちゃうなんて」

店員が在庫を調べるために奥に入っていくと、佳代子は声をひそめて言った。

「ただじゃないです。佳代子さんはこれから毎月スマホの通信料金を払うんですよ。少なくとも二年間は。それは割引にならないし、チリも積もれば結構な高額になるんだから、もらえるものはもらっといた方がいいんです」

「あなた、店員さんに脅しかけるのうまいんだもの」

「脅しなんて、ひどーい。交渉と言ってくださいよ」

ミチルは思わず笑った。

「でも、助かったわ。ありがとう」

「こんなのたいしたことじゃないですよ。別に」

そう言いながら、ミチルも佳代子の契約が決まった時には、なんだか楽しい気分になっていたのを感じていた。

人のものとはいえ、久しぶりの大きな買い物だったし、自分が思った通りに店員たちが次々と条件をのんでくれるのがおもしろかった。

駅前で、佳代子と手を振って別れた。

「使い方がわからなかったら、連絡していい？」

「もちろん。あたしもチラシ配りのことで困ったことがあったら連絡します」

帰り道で、ミチルははっと気がついた。

その日、佳代子と会ってから、一度も鈴木のことを考えなかった。スマートフォンをチェックした時にも、彼からのメールがないか、と気にもしなかった。

そして、自然に笑っていた。


それから週に三日ほど、ミチルはチラシ配りに歩くことになった。

この仕事は天気に大きく左右される。

悪天候の日はつらいけど、雨上りの朝は草の良い匂いがする。ほてった体にそよ風は気持ちがいいけど、太陽の光が厳しく照りつけることもある。

それが新鮮で、こういう仕事は初めてだ、と気がつく。もちろん、これまでも通勤や通学で、雨や台風がつらいと思ったことはあるけれど。

最初は一回分の配る量をだいたい二時間程度で終わる枚数にした。それが十五分短縮され、三十分短縮され……気がつけば一時間で配れるようになっていた。

佳代子にメールすると、「始めたばかりの頃はそういう時間短縮に夢中になりがちだけど、無理し過ぎないようにね。まわりが見えなくなって交通事故なんかに遭ったら大変なんだから」と強く釘を刺された。

スマートフォンの方はずいぶん慣れて、楽しくやっているらしい。

「まだ使えてない機能はあるんだと思うけど、画面も大きくて快適よ。早く変えればよかった」

佳代子がスマホに変えてから、二週間後、佳代子の旦那さんも変えたいと言い出して、また店に同行することになった。

旦那さんは無口な人で、佳代子とミチルが話しているのをただ微笑んで見ている。けれど、スマホの契約の時はきちんとすべての条項をチェックしなければ判を押さない。しっかりした人だった。

旦那さんの方はパソコンは持っているから、とタブレット端末を付けてもらう。彼らはお礼に、とミチルを近所の豆腐料理がおいしいと評判の和食屋に連れて行ってくれた。

その店で、彼がたった一言、ミチルに向かって尋ねたのは、「ミチルさんはどちらのご出身かな」だった。

「山梨です。今も母がいます」

「お一人暮らしなの？」と佳代子があとを引き継ぐ。

「ええ、妹も東京で家族がいますしね。父が死んでからはずっと。母はもともと東京の生まれなんで、こっちに来たらって誘うんですが、やっぱり長く住んでいると、向こうにも人間関係があるみたいで」

「そうねぇ、この歳になって、一からお友達を作るのもむずかしいし、環境が変わるのもね」

「そうなんですよ」

佳代子夫婦は別れ際に、また食事しましょう、私たち夫婦だけでご飯を食べるのは飽き飽きしているの、と言ってくれた。

飽き飽きした、と言いながら二人は楽しそうで、身を寄せ合って帰る後ろ姿を見ながら、ミチルは考えてしまう。

彼らぐらいの歳になった時、自分にはどんな人生が待っているのだろうか。誰か一緒にいてくれる人はいるのだろうか。これまでそんなことは考えたこともなかったのに。

そんな気持ちでいたからかもしれない。

午後のチラシ配りの最中、学生時代の恋人の水門雄介《みなとゆうすけ》に、ばったり会ってしまった。

「ミチルちゃん？　ミチルちゃんじゃない？」

ミチルは仕事中だから化粧も何もせず、束ねた髪に目深にかぶった帽子、眼鏡、手袋、斜め掛けのナイロンバッグ、スニーカーという服装だった。

顔を上げると、水門は紺のスーツ姿にアタッシェケースを提げて、にこにこ微笑んでいる。昔から変わらないさらさらした髪はまったく薄くなっていないし、童顔の頬はつるつるだ。スーツの形も古臭くなく、革靴は光っていた。

しかしある意味、最も会いたくない相手だった。

「やっぱり、ミチルちゃんだよね？」

違います、と言ってその場を去りたいぐらいだったが、ここまでしっかり目が合ってしまったらしょうがない。

「久しぶり」

「だよね。僕、仕事でこの近くの家に来たんだよ」

「仕事？」

「ハウスメーカーの営業。前に建てた家があって、今日はそのメンテナンスとご機嫌伺いに寄ったわけ」

水門は屈託なく明るい。ミチルが同じようなスーツ姿のOLであるかのようにくったくなく話す。昔と変わらない。

「旦那さんは元気？」

結婚して離婚したこと、話したんだっけ？　ミチルは頭の中で激しく記憶の扉を叩く。いや、水門とは二十代の頃、大学のサークルのOB会で一度会ったきり。その時はまだ結婚もしていなかったはずだ。

たぶん、育ちが良く疑うことを知らない彼は、ミチルも幸せな結婚をしていると思っているのだろう。

「ええまあ」

否定し一から説明するのが面倒くさくて適当に話を合わす。

「僕、吉祥寺《きちじょうじ》に住んでる。子供が二人。奥さんは会社の後輩だった子なんだ」

おお、なんとドメスティックにコンサバな人生であろう。それが学生時代の彼の姿にぴったり合っていて、ミチルの中に感動さえ呼び起こす。

「ミチルちゃん変わってないなあ。ほら、昔からあの女優……なんだっけ？　トレンディドラマに出てた……浅野……」

「二人いるでしょ？」

「ほら、髪が長くて背が高い」

「両方そうだけど」

「まあいいや、どっちかに似ている」

どっちかに決めろや、と思いながら「ごめんなさい。仕事中だから、お化粧もしてないの」と頬を慌てて隠す動作をする。

とっくにすっぴんを見られていることは知っているけど。

「いや、きれいだよ。肌もきれいだし。うちのなんて、僕より五つ若いのに老けちゃって」

「そんなことないでしょう」

水門が携帯電話をごそごそ出してくるので、何かと思ったら、待ち受けにしている家族の写真を見せるためだった。

そこには、男女二人の子供と、臙脂《えんじ》のストールを肩から掛けたグレーのスーツの奥さんが微笑んでいる。しっかりきれいだし、若い。

「かわいい方《かた》じゃないの」

「いやね。うふふふ。ミチルちゃんとこ、子供は」

「子供はいないの……」

すると、水門は、とんでもない凶事を言い当ててしまった古代の占い師のような、神妙な顔つきになった。

それを機に、じゃあまたね、と別れようとしたのに、水門は「よかったらお茶でも飲まない？　会社に帰るまで時間があるんだ」と誘ってくる。

子供がいない、と言った手前、適当な断り文句も思い浮かばなくて、二人で駅前まで歩いて行って、喫茶店に入ってしまった。

どうせおごってくれるんだろう、と思ってメニューを見ると、喫茶店なのに、最後のところにビールとジントニックがある。喉が渇いていたのと、コーヒーなんて飲みながら元恋人の家族の話なんて聞いてられない、と思って、ジントニックを頼んでしまった。

昔から、水門は女に金を出させない人で、ミチルも一度も払ったことがない。そういう時代でもあった。

男たるもの、女性に金を出させるなんて何事ぞ、というようなことが、男性誌にも女性誌にも書かれたのは、あの頃からじゃないだろうか。

座って話し出すと、立ち話のようにごまかすことはできなくなって、ミチルは一度結婚したけれど離婚した、ということをできるだけさらりと話した。

水門は告白に耐性ができていたのか、初詣のおみくじで凶を引いた時ぐらいの表情になっただけだった。

アルコールで口が軽くなったのだろうか、さらに男に裏切られ、仕事も失った話までしてしまった。すると、水門は店のウエイトレスに手を挙げた。

「どうしたの」

「僕も飲むことにした。そんな話、素面《しらふ》じゃ聞いてられないよ」

「会社、いいの？」

「今日は外回りって言ってきたから、夕方まで戻らなくていいんだ。それに、お客さんのところで新築祝いに飲まされたって言えば、非難はされないさ」

「そういうものなの」

「僕も課長だからね」

「ゆうちゃんも課長さんかぁ」

「そうだよ」

胸元をごそごそやって、名刺を差し出した。

営業二課課長　水門雄介。

それをそのまま返そうとすると、あげたんだから持ってて、と言う。

「そんなことしていいの。もしかしたら、あたし、さびしいストーカー女で、ゆうちゃんに付きまとうかもよ」

笑いながら、バッグの中に落とす。

「ミチルちゃんはそんなことしないよ」

妙に自信たっぷりに水門は言った。

「なんでわかるの。変わってるかもよ。あれから二十年以上経ってるんだよ」

「ミチルちゃんは興味を失った男には、二度と見向きもしなくなるから」

「そう？　でも、これから興味を持つかも」

「いや、持たないよ。絶対」

そして、体のどこかが痛むような顔をした。

水門は昔から優しい男だった。その優しさや、なんでも言うことを聞いてくれる気楽さがかえってものたりなくて、一年ほどでなんとなく別れてしまったんだっけ。

大学一年のクリスマス・イブは八王子の山の中で祝った。ミチルと水門、二人の初めての夜になるはずだった。

この間夕方のニュース番組を観ていたら、その時連れて行ってもらった料亭が紹介されていたから、まだ営業しているらしい。静かな山荘風料亭で、囲炉裏《いろり》が切ってあり、そこで肉や野菜をあぶって食べる。今は手作り豆腐なども名物だと説明していた。けれど、昔、コースは一万円以上からだったはずだ。今は、三千円からで、ランチも千二百円からだそうだ。

水門は自分の車で連れて行ってくれた。

ごく普通の中小企業のサラリーマンの息子で町田のあたりに住んでいた。そんなに裕福な家庭というわけでなくても、大学に受かったら免許を取って車を買ってもらう、というのがめずらしくなかった時代だ。

彼は一度、おばあちゃまのお誕生日祝いに使ったことがあるから、とそこを選んだ。二万円のコースをあらかじめ頼んであった。

籐《とう》でできた屏風《びょうぶ》に仕切られた半個室の囲炉裏で、銘柄牛のサーロインステーキを食べた。牛肉・オレンジ輸入自由化前で、輸入牛はまだ広く一般には出回ってなかった。もちろん、二万円のコースでそんなものがでるわけもなかったが。

い の歳だったはずだ。

女将《おかみ》がつきっきりでステーキを焼いてくれた。彼女はたぶん、今のミチルと同じぐらいの歳だったはずだ。

「お肉、どうされます？　ミディアムにしますか、ウェルダンにしますか」

「え」

「肉の焼き加減だよ。ミディアムは中ぐらい、ウェルダンはよく焼くこと」

水門が小声で説明してくれた。

知らなかったわけじゃない。本や雑誌で見たことがある。だけど、実際にこういう場所でいきなり言われて戸惑っただけだ。今みたいにファミレスでも焼き加減を聞かれるような時代ではまだなかったのだ。

なんだか、恥ずかしくて頭にきて、逆に胸を張るようにして答えてしまった。

「じゃあ、ウェルダンで」

「僕はミディアムレアで」

女将は無表情でうなずいた。

ばか高いステーキが、ミディアムもウェルダンもわからない、若い盛りのついた男女に消費されていくのをどう思っていたのだろう。けれど、あの年のあの日は、同じような若い男女と、飲食店関係者が山のようにいたはずだ。

そんな高級店に連れて行ってもらったのに、店を出たあと、ミチルと水門は派手なけんかをする。

ホテルの予約ができていなかったのだ。

秋に付き合いだしたばかりだったから、クリスマスの約束が取れてすぐにホテルを予約しても、間に合わなかった。どこも予約ができなかった彼は、街道沿いのラブホテルに行けばどこか一つぐらいは空いていると思っていたらしい。

まず、ラブホテルなんていや、というけんかがあり、それを年が明けたらどこかちゃんとしたホテルに必ず連れてく、という約束でやっと怒りがおさまった。

けれど、そんな日に空いている部屋などなかった。やっと入ったホテルでは待合室で同じようなカップルが並んでいて、ミチルは死ぬほど恥ずかしい思いをした。すぐに出て、自慢の車でぐるぐるそのあたりを回り、すっかり疲弊《ひへい》してしまった。そして、どこにも泊まらずに水門は家までミチルを送った。

一人暮らしだったのだから部屋に泊めてあげればよかったのに、意地になって入れてあげなかった。アパートの前に車を停《と》めてキスだけはしたけれど、しょっぱい味がした。

四十五歳の今となっては悪くない思い出になっている。だが、当時は恥ずかしくて次の日大学で誰にも言えなかった。

クリスマス・イブには特別なことをする、プレゼントを交換して高級ホテルに泊まる、というのが、大々的に宣伝されたはしりの頃だ。その中で、水門は頑張った方だと思う。

しかし、水門は何にそんなに頑張ったんだろう。

たぶん、一か月分のバイト代のほとんどをつぎ込んでいた。

ミチルにそんな価値があったのだろうか。

そこそこかわいい女子だったとはいえ、モデルや女優じゃあるまいし、水門だって、そう悪くない男子なのだから、ミチルに愛想をつかされたとしても、すぐに違う相手を見つけられたはずだ。

一九八〇年代、あたしたちは、彼らは、何を頑張っていたのだろうか。

ミチルちゃんは今でもきれいだし、すてきだよ。

その声で、ミチルははっとし、目の前の水門を見返した。

「大丈夫?」

「ううん。考えちゃって」

「そうだろうね」

水門は痛ましいものでも見る目つきでうなずく。

そういう視線とか同情とか、普段ならあびたくない、無理をしてでも跳ね返すものが、今日はそう気にならない。水門の人柄だろうか。昼間から飲んだジントニックのせいだろうか。

「もう一杯飲む？」

「そうねえ」

二杯目のグラスを軽く合わせた。チン、というクリスタルのいい音がする。

「ミチルちゃん、すごくモテたよねえ」

「そうだった？」

忘れたふりをして、聞き返す。そういう思い出を忘れてる女なんかいない。けれど、今はどんな話でもいいから、褒められたい。

「そうだよ。新歓コンパとかのあとさ、ゴールデンウィークの頃、先輩も含め、サークルの男だけで飲み会したわけ。そこで、一年生はサークルの女子の中で誰と付き合いたいか、って名前を挙げさせられた時、一番多かったの、ミチルちゃんだったもの」

「えー、そんなこと初めて聞いた」

そんな話、どうして学生時代に教えてくれなかったのか。

ミチルと水門は、隣同士の大学だった。女子大と、男子が多い理科系大学で昔から交流があり、合同サークルがたくさんあったのだ。テニスサークルの名前を借りていたが、冬になればスキーもしたし、春や秋はバーベキューもした。

「先輩たちにも人気あったしな。だから、ミチルちゃんと付き合い始めた頃はめちゃくちゃ得意だった。夢みたいだった」

もっともっと褒めてほしい。いくら褒められたって、バツイチ四十五歳、四か月前に男に逃げられ、の女にはたりない。

二人が付き合っていたことは、しばらく、サークルの皆には秘密だったのだ。携帯電話のない時代に、それはなかなかむずかしかったが、とても楽しいことだった。

「でもさ、ゆうちゃんの奥さんだって、すごくきれいな人だよねえ」

そういう話も一応しておく。

「いや、そんなことないよ。うちのなんて、おばさんだよ」

彼は頭に手をやって顔を赤らめた。

「そんなことないわよ。上品ないいお母さん、って感じだった」

水門は妻と出会った時のことなど、嬉しそうに語る。けれど、ミチルはうなずくばかりで聞いておらず、どこかで話を変えるタイミングを狙っていた。

「そうかあ、それじゃあ、やっぱり、あたしなんて全然ダメよね」

彼女との結婚を決意したのは、会社での気配りに感心したから、という話をしている時に、ミチルは口をはさんだ。

「え」

水門は一瞬、ぽかんとした顔になる。

「うふふ」

「ゆうちゃんは、あたしみたいなのじゃ、満足できなかった、ってこと」

「そんなことないよ」

性格がよく礼儀正しく反射神経のいい彼は、ちゃんと反論してくれる。

「そりゃあ、僕だって、ミチルちゃんともっと付き合いたかったし、結婚もしたかったですよ。だけど、振ったのはそっちじゃない。モテモテだったし、僕なんかじゃ相手にならないんだって言い聞かせて、立ち直るまでずいぶん時間がかかったんだから」

「そんなあ、いやだあ」

ミチルは嬉しくて熱くなった頬を両手ではさんで身悶《みもだ》えた。

「そんなにモテたわけじゃないわよ」

「いや、モテたって」

そんな中年の男女の、はたから見ていたら聞くのもうんざりする、ばかばかしい褒めあいがくり返し続いた。


ぷわーぷー。

豆腐屋のラッパが響く商店街を、ミチルはふんわり酔って、気分よく歩く。

やっぱり、あたし、そう捨てたもんじゃないんだ。

うふふふふ、と笑いが漏れる。

優しい水門は最後までミチルを称賛して、帰って行った。

晩ごはん、どうしようかな。

ジントニックでお腹はふくれていたけど、今はまだ五時だし、しばらくしたら空いてくるはずだ。惣菜《そうざい》屋で、コロッケとから揚げを数個、ポテトサラダなどを買って帰る。

家に戻って窓を開け、春の風を受けながら、買ってきた惣菜をつまみ、買い置きの缶チューハイをまた飲む。テレビを小さくつけた。

ずいぶん満足していたのに、狭い部屋に戻って、夕方のニュース番組を観ていたら、ものたりない。もっと褒められたいという気持ちがふくれ上がってきた。

なんとかならないものか。

また、水門を呼び出すのもなんだし、これ以上彼にかかわるのもそれはそれで面倒な気がする。

ふっと十年前に亡くなった、祖母のことを思い出す。

幼い頃一緒にお風呂に入ると、よく絞った手拭いで丁寧にミチルの顔を拭きながら、「なんてきれいなおでこさんなんでしょう。この眉毛がまたしっかりしたいい眉毛だこと。お目々もパッチリして」と褒めてくれたものだ。

けれど、祖母はもういない。ならば褒めてくれる人を見つけなければ。

そうだ。

かじりかけのコロッケを置いて、ミチルは引き出しの隅を探す。そこには、ここ数年の年賀状の束があった。

これ、これ。一枚一枚、丁寧にめくる。中でも、メールアドレスが書いてある男や、会社の電話番号が記されているものだけをよける。もちろん、家族で使っているようなアドレスは外す。

それから、携帯電話とパソコンのメールのアドレス帳も、見直す。そうやっていくつかのアドレスが厳選された。それを前に、ミチルはまたコロッケをほおばって、チューハイをくいっと飲み、にっと笑った。

試してみても、悪くないかもしれない。

次の日も、ミチルはチラシを配っていた。

ずいぶん慣れてきたと、我ながら思う。足腰も強くなってきたのか、脚がぱんぱんにむくんでだるかったのが、そうひどくなくなってきた。体重の方は、終わったあと、ついビールを飲んだりしてしまうので、まだ効果は出てなかったが。

小さなアパートが集中している一角に配っていた時のことだ。

「お姉さん、お姉さん」

後ろから呼びかけられて、ミチルはぎょっとした。文句を言われるのかもしれないと、覚悟して振り返った。

チラシを入れないで、と注意されることはめずらしくないらしい。もし、指摘されたらすぐに謝って回収すること、と熊倉にも佳代子にもしつこく言われていたが、今まで幸いなことにミチルにはその経験がなかった。しかし、さすがに今回は逃れられないかもしれない。

振り返ると、小柄な老女がいた。

白髪をショートカットにし、柄物のブルーのワンピースを着、毛糸で編んだらしい袋を提げている。七十代ぐらいだろうか。

怖そうな人でなくて良かった。注意されるにしても、優しそうな人がいい。

「なんでしょうか」

できるだけ丁寧に答える。老女はミチルに近づいた。

「これ、あなたが配ったチラシでしょ」

ミチルが今、入れたばかりのチラシを広げて見せる。

「はい。そうです。ご迷惑でしたか。すみません」

「ううん、いいのよ。ただね」

老女は下を向いて、もじもじとチラシを握った指を動かす。

「なんでしょうか。なにか御用ですか」

「あのね……このチラシに書いてあることなんだけど、いかほどぐらいかかるのかしらね」

そう言われて初めてミチルはチラシを手に取って眺めた。これまで配っているチラシをきちんと見たことはなかった。熊倉や事務所の人が送ってきてくれたのを、そのまま配っているだけだ。

それは白い薄い紙に、ただ黒字で印刷されているだけのそっけないものだった。

家賃交渉の代行いたします

家賃は必ず安くなります！

今のお住まい、または事務所の家賃に
ご不満はありませんか？
高すぎる、更新時に値上げを言い渡された、
敷金が返ってこない。
そんなお悩みを解決いたします。
不況下で家賃はどんどん下がっています。
黙って払うことはありません。
ぜひ、一度ご相談ください。
少額の成功報酬のみで受け付けます。

光浦事務所
TEL 03-××××-××××

「成功報酬って書いてありますねえ」

「ええ、それ、いかほどぐらいかかるのかしら。それに家賃ってどのくらい下がるのかしら……」

老女はさらにうつむく。この質問をするのにずいぶん勇気がいったのだろうと思わせた。

「うーん、どうでしょう？　あたしは詳しいことはわからないんですよ。ただチラシを配っているだけで、ここの会社の者ではないので」

「あら、そうなの？　ごめんなさい。あたしったら、お姉さんが会社の方かと思っちゃって」

老女は慌てて、手を顔の前でぱたぱたと振った。小さな耳を真っ赤にしている。その耳たぶには細かいちりめんじわが寄っている。

「ごめんなさい、ごめんなさい。あたしったらお恥ずかしい。すみませんねえ」

「いいえ、いいんですよ。チラシの事務所の方に聞いてみてもいいですけど、ここに直接電話した方が早いんじゃないでしょうか」

「ああ、そうですわね。ごめんなさいね、早とちりしてしまって」

老女は消え入りたいかのように体を小さくしている。なんだか、気の毒になってしまった。

もしかしたら、この人はこういうお金の話や家賃の話を人にするのが不体裁で恥ずかしいことと思っているのかもしれない。この年代の人には、そういう人が多いような気がする。佳代子さんなんかもそういうところがあるから。

「大丈夫ですか。あたしはぜんぜんかまいませんけれども」

「いいえね」

老女は、ごくっと唾《つば》を飲み込むようにした。

「実はね、この間、駅前の不動産屋さんの前を通ったんですよ」

「ええ」

「そうしたら、ほら、不動産屋さんの前って、紙が貼ってあるでしょう。アパートやマンションの宣伝の」

「ああ、家賃や間取りが書いてある紙ですね」

「あれをなんとなく見たらね、ここのアパートが出ていたんですよ。それが、二階の真ん中のお部屋なんだけど」

彼女は自然にその部屋を見上げた。

二階建ての木造アパートで下に四戸、上に四戸、合計八戸の部屋が並んでいる。そう新しい建物ではない。築二十年は経っているだろう。

「うちの部屋よりも五千円、お安いの。お二階なのに。あたしは一階なんですよ」

「あら。それはそれは」

「そうでしょう。なんだか、それがね。ちょっと、ちょっと、ちょっと……」

彼女は言いあぐねている。なんだか、損をしたような、悔しいような気持ちなんだろう。けれど、それを口にするのもはしたないと思っているのかもしれない。それで、ミチルは代わりに言ってやった。

「それ、ひどいですよ。そういうことなら、ええと、お婆《ばあ》さんの……そちら様の……」

「あたし、石井《いしい》。名前はきく乃《の》って言います」

同意されて嬉しかったのか、きく乃はにっこり笑う。

「あ、あたしは山崎ミチルです。なら、石井さんのお部屋も一緒に安くしてくれなくちゃ」

「ええ。あたしもそう思ったんです。ちょっと、ちょっとだけですけどね、なんだか不公平じゃないかと思ってしまって……」

「そうですよ。それはおかしいですよね。言ってやった方がいいんじゃないですか」

「ええ。でもねえ、ここにはずいぶん長く住んでいるの。十年ぐらい。その間、一度家賃が上がって、それから変わってないの。そろそろ契約更新なのよ。でもね、我慢するしかないのかしら。ここに住めなくなったら困るし、きょうび年寄りに貸してくれる大家はなかなかいないって言うし、保証人になっている息子にも迷惑かけられないし、なんて思ってね……」

「息子さんはお近くにお住まいですか」

「いいえ、仙台なの。転勤族でねえ。あっちこっち行ったり来たり」

「そうですか」

きく乃はまた手の中のチラシをながめる。

「だから、こういうのお願いしたら、どうなるのかしら、って。でも、成功報酬がお高いかもしれないし、それだったら、月々たった五千円のためにねえ、お願いするのもお恥ずかしいかしら、と思ったりして。こういうのは、きっと、お高いお家賃の方が頼まれるのよね」

「そんなことないと思いますけど」

途方もない考えが浮かんだ。

あたしが一緒に不動産屋に行ってあげましょうか、という言葉が口から出かかる。そして、一瞬のうちに心にかき消される。あたしったら、何を言おうとしているのか。今、知り合ったばかりの人に。

「でも、いいわ」

きく乃はまたにっこりと笑った。

「お姉さんに話して、なんだか気がすんだわ。すっきりした。ありがとう」

「いいえ、そんな」

そして、きく乃は一階の端から二軒目の部屋に入っていった。ドアを閉める前に、ミチルを振り返って会釈をした。

祖母を思わせる人だから、つい助けたくなったのかもしれない。または、故郷の一人暮らしの母親を。

ミチルは残りのチラシを配りながら、きく乃のことをずっと考えてしまった。


地価や家賃が必ず上がり続ける、という時代が、信じられないけどあったのだ。下がるなんて誰も考えもしなかった。

マンションは一度買って、しばらくして値段が上がったらそれを売って、売ったお金に足してまた買って……そうやってだんだんに広い、大きなところに越していくものだった。家族や子供が増えるたびに。

そういうのどかな世界が間違いなくあった。

いや、のどかとも言えないのかもしれない。ほうっておくとすぐにマンションの値段は上がり、若い夫婦たちには手が出せなくなる。だから、皆、結婚したら慌ててマンションを買っていた。

いずれにしろ、今では信じられないだろう。マンションは買ったら安くなるもの。買って一日でも経ったら値段が下がるもの、というのが普通なのだ。そんなの当たり前のような気がするし、おかしいような気もする。いったい、どちらが正しいのだろうか。

少なくとも今の時代は高くならないというのが、常識だけれども。

部屋に戻って、ミチルはまた、発泡酒と買ってきたアジフライ弁当をつまみながらついつい さっき老女と話したことを思い出してしまう。テレビには夕方のニュースが小さな音量で流れている。その画面を観るともなしにながめながら。

あの人も今頃、ご飯を食べているのかな。

思いながらアジフライをがりりと噛《か》み、発泡酒をぐいっと飲んだ。

月に五千円って大きい額だよ、とミチルは考える。

一年にしたら、六万円。一流レストランのフランス料理のフルコースが、ワイン付きで二回食べられる。ワンピースなら三着買える。ふと、彼女が着ていたブルーのワンピースを思い出した。あれならもっと買えるだろう。温泉旅行だって二回行ける。三回行けるかも。きく乃さんなら、五千円で月の食費の半分ぐらいはまかなえるはずだ。

この弁当なら、とアジフライを箸に刺して見つめる。弁当にポテトサラダを付けても五百円弱だから、月に十回は使える。まあ、きく乃さんはアジフライなんて脂っこいもの、食べないか。

チラシに書いてあった家賃交渉代行の成功報酬っていくらぐらいなんだろうか。一年分の十パーセントぐらい取るのかしら。

いや、五、六千円で動いてはくれないだろう。一万や二万は取るんじゃないか。高いなあ、とミチルは人知れずつぶやく。この頃ひとりごとが多いんだよな、と自覚しながら。

でも、きく乃さんの場合、他の部屋が安く貸し出されているっていう情報はあるのだから、交渉っていうほどのものでもないかもしれない。不動産屋に行って、これこれの貼り出しを見たんだけど、どういうことなのか、そろそろ契約更新だからそれを機に値下げしてくれないか、と頼むだけでたぶん大丈夫なはずだ。

でも、彼女が言っていたように、それならもう年寄りとは更新しないと脅されたら?

いや、それこそ差別だし、どこかに相談するなり、訴えたら、きっと勝てる。今は借り手の方が強いんだし、もともと住んでいる人の方が法律的にも強いのだ、と聞いたことがある。たぶん、問題はないんじゃないだろうか。

でも、気弱で上品なお婆ちゃんのきく乃さんじゃあ、きっと言えないだろうな。あとのことも心配だろうし。

住むところがなくなるというのは、きっととても不安だ。

ここは築三十年のぼろマンションだし、なんだかんだ、管理費やら修繕積立金やらと月々払わなくてはならないが、ありがたいと思わないと。

そう、ミチルたちも結婚した時にここを買ったのだ。元夫には感謝しなければならない。

めずらしく、殊勝《しゅしょう》な気持ちで食事を終えた。

いつものように、ミチルは丸めたチラシをポストに入れていく。

素早くリズミカルに。でも、丁寧に。

あそこに近づいていく。

もしも、とミチルは軽く息切れしながら思う。もしも、この一週間のうちにきく乃さんにもう一度会ったら、声をかけてみよう。会わなかったら、このことは忘れよう。

一週間、たった一週間だ。たぶん、機会は多くて三回。

一日目。アパートの前に、彼女の姿はなかった。木造でくすんだグリーンに塗られているドアはしっかり閉じられている。プラスチックの鉢が置いてあって、小粒のパンジーの花が紫と白、寄せ植えられ、こぼれるほどに咲いていた。

郷《さと》の母さんもよく植えていたな。

パンジーは強いし、よく花が付くから、育てていて楽しいのだ、と言っていたっけ。

紫と白の配色が美しい。きく乃のワンピースを思い出させる。

ああいう色が好きな人なのかもしれない。

家路につきながら、残念な気持ちと、どこかほっとした気持ちがあるのを認めていた。

二日目。前回から三日後に、アパートの前を通る。もちろんと言うべきか、きく乃はいない。

考えてみれば、人がドアの外に出てくる瞬間とか、帰ってきた瞬間とかに出会う方がめずらしく、むずかしいのだ。ほのかな奇跡、と言うことさえ、許されるかもしれないぐらい。帰りに、きく乃の部屋の前にあったのと同じようなパンジーの鉢植えを買ってしまう。彼女のところよりも薄い紫。故郷の母親が好きな藤色だ。これまで植物を育てたことなんてなかったのに。

それを小さなベランダに置いて水をやった。花が開き切る前にこまめにつむのが長く楽しむコツです、と花屋の主人に教えられた。その通りに満開になったものをいくつかつんでコップに挿し、それを見ながらご飯を食べた。

そして、三日目。

きく乃と出会ってから、ちょうど一週間が経っていた。

やっぱり、アパートのところできく乃と会うことはできなかった。

どうしよう。

きく乃のポストに手をかけながら、ミチルは考える。以前と同様、ほっとしながら、けれど、それだけでは説明のつかない気持ちで、先に進めず、アパートの庭先にたたずむ。

いや、どうしようって、と突っ込みを入れる。どうしようもないじゃないのよ。あたしは赤の他人なんだから。

きっときく乃さん自身か、息子さんがどうにかする。彼女だって、身寄りのないひとり者ってわけじゃないし。立派な息子さんがいるんだもの。

だけど話した感じでは、ずいぶん、息子さんに遠慮している様子だった。そう簡単に連絡を取ったり、頼みごとをしたりできない関係なのかもしれない。それは考え過ぎか。でも、親っていうのは、存外、子供に遠慮しているものだ。働き盛りの息子に迷惑をかけられないとくり返し言っていたっけ。

息子さんがいたところで、仙台に住んでいる人がすぐに飛んできて、不動産屋に交渉するのなんて無理だ。

何考えちゃってるの、あたし。おかしいよ。だいたい、いつまでここに立ってるの。あれは他人。ほうっておけばいい。

でも声をかけて一緒に不動産屋に行ってやれば、すぐにすむことなのだ。それで、きく乃さんは五千円家賃が安くなって、悔しい思いをすることもなくなる。半日ですむだろう。ほんの数時間のことなのだから。

いや、声をかけられる方が逆に迷惑かもしれない。ただ立ち話で話したことを蒸し返されて。きく乃さんはぜんぜん気にしてないかもしれない。

でも、一応、聞いてみたら。ただ、ドアをノックして、この間のこと、どうなりましたか？　家賃の交渉はしましたか？　と。

そしたら、いいえ、あれはいいんです、と言われるかもしれないし。不在かもしれないし。

そんなことをぐるぐる、ぐるぐる十分ほども考え、ミチルはついにきく乃の部屋のドアの前に立った。

こぶしを固めて、ドアを叩きながらも、自問自答は続く。

いったい、どうしちゃったの？　あたし。

「はい」

果たして、きく乃はいた。細くドアを開けて、ミチルを見上げている。

「あたし、先日ここで……」

「ええ。覚えていますよ」

絶対引き返せない、と一瞬のうちにわかるほど、きく乃は満面の笑顔でにっこりと笑った。

「チラシ配りのお姉さんでしょ。ミチルさんでしたっけ」

「はい。あのお」

「なんですか」

「先日お話しした、ここのお家賃の件ですが、その後、なにか進展はありましたか」

ああ、あたし、何言っちゃってるの。何やっちゃってるの。

心の中で叫びながら、ミチルは尋ねていた。

「いいえ」

きく乃は急に悲しそうな顔になって、首を振った。

「できるわけないわ。諦めることにしたわよ」

「そうですか」

「しょうがないわねえ」

「よかったら。本当によかったら、なんですけど」

「なに？」

「あたし、一緒に行きましょうか。不動産屋さんに。交渉っていうほどではないですけど、お話ぐらいしてみることはできますし。例えば、きく乃さんの親戚、姪だってことにして。そしたら、お家賃安くなるかもしれません」

「え」

きく乃は目を瞠《みは》る。かなり驚いているようだ。それはそうかもしれない。一度会ったきりの女が訪ねてきて、一緒に不動産屋に行きたいと言うのだから。

「あ、もちろん、料金とかお礼とか成功報酬とかそういうのはいりません。ただ、なんと言うか、あたしが一緒に行ったら有利になるかも、って思っただけで。ただ、そう思っただけなので」

ミチルはそこまで一気に言うと、「では、もし、一緒に行ってほしければ、声かけてください。あたし、週に三回はこのあたりを通ります。チラシ配りで」と頭を下げ、くるっと後ろを向いて、ダッシュでそこを去ろうとした。

「待って！　ミチルさん」

きく乃が呼び止めた。

「待って。よかったら、寄って行って」

「え」

振り返ると、きく乃は手を招くように振った。

「ちょうど作ったお菓子があるの、よかったら」

ミチルは思わず、うなずいた。

きく乃の家は六畳間と小さなキッチンのみ、トイレと風呂、それだけの簡素な部屋だった。

スイッチを入れていないコタツに座らせられ、ミチルは失礼でない程度に目だけ動かして部屋の中をつい見てしまう。コタツの他は、テレビ、箪笥《たんす》、箪笥の上の小さな仏壇、キッチンの冷蔵庫。線香とも、防虫剤ともつかない、お婆ちゃん特有のしっけた匂いがする。

「さあさあ、お茶、飲みましょ」

きく乃は、大ぶりの皿に黄色っぽい丸い菓子を盛ってきた。

「これ、なんですか」

「鬼まんじゅう。知らない？　さつまいもと小麦粉をね、混ぜて、蒸しただけ。さつまいも入りの蒸しパンみたいなものね。今日は黒砂糖を入れてみたの」

勧められるままに、ほおばってみる。さつまいもの素朴な甘みがした。

「おいしい」

「そう？」きく乃は嬉しそうに微笑んだ。「これ、名古屋とか向こうの方の郷土料理よ。たぶん。母親があっちの人だから、昔からうちではよく作ったんだけどね」

「へえ」

「あたしなんてね、こんなの一度作ると、一個食べたらお腹いっぱいでしょ。昼食べて夜食べて……二、三日こればっかりになっちゃう。ご近所に配るって言っても知れてるしねえ。あんまりたびたびは飽きられるだろうし。でも、なつかしくて、つい作っちゃうの」

やっぱり、きく乃ひとりでは、たいして食費もかからなそうだった。五千円は大きなお金だ。

「さっき言ったことですけど」

「ええ」

「どうでしょう。一緒に不動産屋さんに行ってみるっていうのは」

「申し訳ないわね。あなたもお忙しいんでしょ。でも、もし、行ってくださるなら、ありがたいわ。ここは、四万八千円で入居したの」

「四万八千円」

「そうなの。こんなところでも、四万八千円もするのよ。四万五千円が家賃で、三千円が管理費。一回値上げして、今は全部で五万二千円」

「では、その不動産屋に貼り出されていたところ、っていうのは……」

「四万七千円って出ていたわ。家賃が四万五千円で管理費が二千円」

「大きい違いですよね」

「そうなの。借りた時より安いのよ。家賃もそうなんだけど、管理費まで安くなっているのが、よくわからないのよ」

きく乃は唇を引き締めただけだったが、本心はもっと悔しそうだった。

「もちろん、成功するかどうかはわかりませんけど」

ミチルは、他の部屋は安いのにどういうことなのか、と尋ねるだけでも効果があるのではないか、という考えを説明した。

「そうしてくだされば、とてもありがたいわ」

「では、さっそく明日にでも行きましょう。今日これからでもいいですけど、こんななりなので」

ミチルはジーパンとポロシャツを指さした。

「不動産屋に行くときは、きちんとした格好の方が、足元を見られませんからね」

「そういうものかしらね」

「あたしはきく乃さんの姪ってことで」

「いいの？」

「はい」

「じゃあ、お願いしますね」

きく乃は何度も何度も深々と頭を下げた。

「いいですって。あたしも暇ですから」

明日の午前中に、駅前で待ち合わせることにして、部屋を出た。帰りに、鬼まんじゅうをいくつか包んでくれた。ミチルはずっしり温かい包みを手にして家路についた。

不動産屋のガラスのドアを開けると、デスクのところでひそひそと話していた、二人の若い男がはっと振り返った。平日の午前中だからか、他に客はいない。

「いらっしゃいませー」

より若い、痩せた方の男がにこやかに寄ってきた。

ミチルはにこりともせず、後ろのきく乃を一度ちらりと振り返ってから、尋ねた。

「こちらの責任者は？　どちらに？」

「は？」

「責任者、いらっしゃる？」

一句一句、確認するみたいにゆっくりと言った。そして、客との商談のために用意された細長いテーブルの前に、許しも得ずに座った。

膝をそろえて脚を斜めに伸ばした。クラッチバッグをテーブルに置き、きれいにネイルした手をそろえる。昨夜一時間かけて丁寧に塗り直した爪だ。スーツはシャネルまがいの襟なしのジャケット、カシミヤのストール。時計も一番高いのをしてきた。いかにも裕福で金と手間のかかった奥さんの髪型と化粧。

今朝、身なりを整えながら、ふっと写真で見た水門の妻のイメージを参考にしていることに気がつき、苦笑した。

お淑《しと》やかで上品で、でも、しっかりしていて、一度敵にまわしたら小うるさくて面倒そうなタイプ。

そういう女が、実は一番怖いのだ。

「今、社長は外に出ていまして、戻ってないのですけれど……」

「あ、そう」

「なんでしょうか、わたくしでよろしければおうかがいいたしますが……」

「よろしくないわね」

「え」

隣にちょこんと座っている、きく乃と目を合わす。

「おば様、どうしたらいいかしら。責任者の方、いらっしゃらないんですって。この方たちにお話ししてもいいかしらね」

「そうねえ、ミチルちゃん、いいんじゃないの」

おっとりと、きく乃がうなずく。

「それじゃ、とりあえず、お話を聞いていただきますね」

「ええ。なんなりと」

「おば様が言ってたんだけど」

「ええ」

「おば様は、阿佐ヶ谷《あさがや》の……北町二丁目の柏木アパートに住んでいるの」

「はい。ございますね」

若くて痩せた方は、斜め上を見上げるような表情をしてうなずいた。彼の中で場所と名前は把握できているらしかった。

「もちろん、こちら様を介して、十年以上になる」

「ええ。毎度ありがとうございます」

すると、そこまで黙って聞いていた、もう一人の太った男が、奥から地図とファイルを持ってきた。

「ここですよね」

ばさばさと地図を広げて、一角を指さす。

ミチルは鷹揚《おうよう》にうなずいた。「ええ」

「うちで仲介させていただいています」

痩せた方がファイルをのぞいてうなずく。

「ところがね」ミチルは身を乗り出す。「駅前の東海林《しょうじ》不動産のところに貼り紙があって、同じ柏木アパートの二階のお部屋が五千円も安い、四万七千円って出ていたんですって」

「あ」

痩せた方が、いたずらを見つかった子供みたいに顔をしかめる。太った方は無表情だ。

「いったい、どういうことなのかしら。おばはずっとあちらに住んでいるんですよ。きれいに住んで、問題も起こさず、家賃の遅延も一度もないんです。それなのに、お値下げのお話は一回もないってことですけど。そういうことなら、そちらから一言お話があってもいいようなものじゃないの。年寄りをばかにしているのかしら」

「いいえ、決してそのようなことは……」

「きょうび、不動産屋さんや大家さんも厳しい時代だっていうじゃないですか。それなのに他はお値下げして、うちはそのままって、あんまりにも誠意がなさすぎるんじゃないかしら」

「では、社長が帰ってから相談しまして、大家さんの方とも相談しまして」

「それってお値下げいただけるって、確約いただいたってことでいいんですね」

「え、いえ、まあ、相談しないと、なんともお返事は」

「でも、事実は明白でしょ。同じアパートの二階の、条件のいい部屋が五千円もお安いんだもの。こちらは七、八千円はお安くしていただかなくちゃ」

「いや、それは……」

二人は目を合わせて苦笑する。

「それは、じゃありませんよ」

ミチルはテーブルをばん、と手のひらで叩いた。

「あたしたちを、ばかにしているの。女だから？　主人も連れてきた方がいいのかしら」

「いいえ、そんな、とんでもない」

「じゃあ、社長に電話して。今、あたくしが説明するから」

「いや、社長は、今、商談中でして……」

「では、あなたたちが約束してくれなくちゃ」

「でも、まだ二年前の契約が数か月残っていますし」

「では、最低でも、三か月後の契約更新の時は、お値下げしていただけますね」

二人はまた顔を見合わす。

「うーん」

太った方が困ったように笑った。

「そういう家賃の交渉は、我々にではなく、大家さんの方に直接していただきたいんですよ」

「え」

ミチルときく乃は顔を見合わせる。

「そういった交渉に、我々はノータッチなんです」

「適当にあしらおうとしているんじゃないでしょうね？」

ミチルは疑わしげに、眉をひそめた。

「嘘なんて言ってませんよ」

太った方は手のひらを向けてばたばたと振った。

「そう……」

勢い込んでいたミチルは肩透かしを食ったようで、がっかりしてしまった。

「いいわ、ミチルちゃん」

きく乃がミチルの腕に手をかける。

「あたしは」

「いいえ、おば様、大家さんのところに行きましょう。あたしが、交渉しますから」

二人の様子をへらへらした顔で見ていた太った男に電話が入った。失礼、と一応断って、電話に出ている。

「大家さんには、手紙で交渉するといいですよ」

その時、痩せた方の男が、太った男の方を気にしながら身を乗り出して、そっとささやいた。

「え、なんですか」

「僕に聞いたって言わないでください。直接行くより、手紙にした方が気も楽でしょう」

「ええ、でも、効果あるのかしら」

「内容証明にすればいいんです。そうすれば、値下げが認められた場合、手紙を出した日付までさかのぼって効力がありますから」

「なるほど」

「絶対に、僕から聞いたと言わないで」

「わかりました。大丈夫です。言いません」

ミチルも小声になってうなずいた。

そこに電話を終えた太った男が戻ってきた。ミチルたちを見て、なんだ、まだいたのか、みたいな表情をする。

「じゃあ、あたしたちは、そろそろ失礼します」

ミチルは、きく乃をうながして立ち上がった。

「そうですね。そういうことですから、まあ、悪く思わないでください」

太った男がにやにや笑う。

それをにらみつけるようにして、ミチルは不動産屋をあとにした。

「ありがとう、ミチルさん」

不動産屋からしばらく離れたところまで来て、きく乃は礼を言った。

「ううん。まだ、値下げはぜんぜん決まってないじゃないですか。でも、内容証明って方法を聞いたから、まだ望みはあります」

「ううん、いいのよ」

「でも」

きく乃は、ミチルを見上げて微笑む。

「いいの。あれだけで、あたしは十分。ミチルさんの横で話を聞いていて、よくわかったの。あたし、お金のことだけじゃなく、不当に扱われている、軽く扱われている、年寄りだからばかにされている、っていうのが、悲しくてつらかったんだって。だから、あたしが言いたかったこと、全部、ミチルさんが言ってくれて、それですっきりしたの。ありがとう。もしも、値下げしてくれなくても、これで十分、大丈夫。言うことは言ったんだから」

「そんな。それだけじゃ、意味ないですよ」

「いいの、いいの。気がすんだ」

きく乃は、立ち止まって、頭を下げた。

「いいんですって、あたしも、暇だったし」

「ありがとうございました」

二人はまた連れだって歩き出した。

「でも、あなた、うふふ」

「なんですか」

「怖かったわねえ。あの調子でやられたら、あなたの旦那さんは大変だったでしょうね」

「あらやだ、ひどい。それで、逃げられたのかしら」

ふっと、そんな冗談がミチルの口から飛び出す。

「きっと、また、いいご縁があるわよ。あなたは優しい、いい人よ」

そんなことを言われたことは一度もなかった。元夫にも、これまでの恋人たちにも。くすぐったくて、ミチルは自然、首をすくめる。

きく乃の部屋に帰って、コタツに入って話し合った。

「内容証明なんて、ミチルさん、やり方わかるの?」

「あたし自身は書いたことはありませんが、会社で同僚が作っているのを見たことがあります。どうしても代金を払ってくれない取引先があって、その請求書を内容証明にしたんです」

「そうなの。でも、書式とか、特別なものがあるんじゃないの。弁護士さんとかに頼まないと」

「それは、ネットで調べてみましょう。今はネットになんでも載ってるから。この場合、とにかく家賃を下げてほしいって気持ちさえ伝わればいいと思うんですよ。あとは、それを出したって証明さえあれば」

きく乃は不安そうだ。

「まず、なにを要求するか決めましょう。それで、文面さえ決まれば、それをパソコンで文書にして、印刷するのはあたしの部屋でできますから」

「なにからなにまで、ごめんなさいね」

身を縮めるようにして謝る。

「いいんですよ。直接言うより、逆に楽かもしれません」

ミチルは手帳を出した。その手帳は、会社を退職してから、ずっと白紙のままになっていた。空白を見ないように広げる。

「まず、他の部屋が安くなっているのだから、契約更新後は同じ金額にしてほしい、ということですよね」

「ええ」

「家賃だけでなく、管理費が安くなっているのはどういう理由なのか、と」

「そんなきついこと言っちゃっていいのかしら」

「事実だからしょうがないですよ。文面は考えますが」

「そう」

「それから、もしも、それがかなわない場合は、その部屋に引っ越すことも考えている、って書きましょうか。その方が効果的じゃないですか」

「ああ、そういう方法もあるわねえ……でも、引っ越しが大変だわ。また、お金がかかるし……」

きく乃はなんだか寒そうにさらに身を縮める。

「大丈夫です。脅しですから。それに」

ミチルはあたりを見回した。

「引っ越しは上の階ですし、人に頼めば、なんとかなるかもしれませんよ。きく乃さんは荷物が少ないし」

「そうかしら」

二人で話し合って、文書が出来上がった。

通知書
私は、阿佐ヶ谷北町二丁目の柏木アパート一〇二号室に住んでいる、石井きく乃です。
最近、駅前の不動産屋の貼り紙にて、同じアパートの二階、二〇三号室が、家賃四万五千円、管理費二千円で入居者を募集されていることを知りました。

現在、私の部屋はご存じのとおり、家賃四万九千円、管理費三千円の五万二千円でございます。これは五年前に値上げされて以来、変わっておりません。

条件のいい二階の家賃の方がお安いということもさることながら、管理費が千円お安いというのには、はなはだ疑問を感じます。

つきましては、私の方も、三か月後の契約更新時より、家賃四万五千円、管理費二千円にお値下げいただけないでしょうか。

お願いが受け入れられない場合は、二〇三号室に引っ越すことも検討中です。

どうかよろしくお願いします。

なお、お返事は本書面到着後十日以内にお願いします。

右記期間までに履行されない場合は、改めて通知することなく、簡易裁判所に調停を申し立てることも考えておりますので、ご検討のほどをよろしくお願いします。

石井きく乃

「どうですか」

手書きで作った文書をミチルはきく乃に差し出した。彼女はそれを手に取って、ゆっくりと時間をかけて読んだ。

「この最後の簡易裁判所に申し立てるっていうのは、どうかしらねえ。そこまで言わなくても」

「そうですか」

「ええ。大家さんとはこれからもお付き合いがあるんだし」

「じゃあ、最後は削りましょう」

返事は十日以内に、というところまでにして、ミチルは書き上げた。

「なんだか、ドキドキしてきたわ」

見れば、きく乃は頬を赤く染め、どこかかわいらしい。

「大丈夫ですよ。たぶん、うまくいきます」

「そうかしらねえ」

文書はパソコンで清書して、改めて、二人で明日以降郵便局に出向くことになり、ミチルは部屋をあとにした。

3

帰り道、バッグの中のスマホが震えて、メールの着信を伝えた。取り出してみると、それは何通か送った元恋人たちへのメールの返事の一つだった。

待ち合わせは、銀座だった。

銀座。かつて丸の内のOLだったミチルが、一番使っていた街。目をつぶっても通りを正しく選び、お目当ての店に行くことができた。新しいレストランができたとなれば、必ず行ってみなければ気が済まなかった。特に、フレンチの店は、銀座のみならず、東京中のレストランをだいたい把握していたように思う。とはいえ一通りの店を覚えてしまえば、銀座のシェフの弟子が青山に新しい店を出した、とか、カジュアルラインの店を出した、とか、つながりで簡単に覚えられるのだ。

そういった知識が古く、新しい店についていけないと気がついたのは、いったいいつのことだったか。あるいは、経済が低迷して、安い店や気楽に行けるフレンチや、イタリアンが増えた頃かもしれない。

三千九百八十円でコース料理が食べられる、という噂《うわさ》を聞いて、千葉や神奈川の辺鄙《へんぴ》な場所まで予約をして行ったりもした。今ではそんな店、銀座や渋谷にもざらにあるだろう。そんな中で、シェフたちの一連の流れのようなものが切れてしまった気がする。あまりにも店がたくさんあって覚えきれない。

いや、それは言い訳で、歳を取ったり結婚したりして連れて行ってくれる男がいなくなっただけなのかもしれない。

往《い》き過ぎる店のウィンドーに姿が映った。新しい服を買いたかったのだが、我慢した。

シルクジョーゼットの柔らかいワンピースとハイヒールは、銀座によく似合う。けれど、落ち着いた大人の女に見える服は、参観日の母親のように見えなくもない。ワンピースの裾から見える脚が、どうもあか抜けない。ミチルは目をそらして歩き出した。自分の町を一歩出ると、さまざまな現実が押し寄せてくる。

浅木義人《あさぎよしひと》が指定してきたのは、ごく普通の小料理屋で、ミチルは彼より先に着いてしまった。彼の方が時間に遅れてきた、と言うべきか。

通された和室の個室で、スカートからむき出しの膝を気にしながらきょろきょろ見回してしまう。

浅木はミチルにどのぐらいの金を使うつもりなのか。どのぐらいの気持ちでここを用意したのか。そして、彼はどのぐらいの男になっているのか。

答えはそう簡単には出なかった。

仕事か何かで使っている店なのだろうか。なかなかほどよい店だ、とミチルは安心する。高級過ぎず、カジュアル過ぎず。記憶の中の浅木自身のように。

にぎやかな女将の声と男の声が混ざって聞こえてきて、ふすまががらりと開けられた。

「ああ、ミチルちゃん、久しぶり」

浅木は紺の背広姿で、長い脚を折りたたむようにして座った。

「こちらこそ」

そうそう、こういう人だった、と目の前に座った彼を見ながら思い出した。

痩せて背が高く、ネクタイをきつめに結んでいるためなのか、喉仏が目立つ。紺の背広を着ているせいで、まだまだ若く見える。ネクタイは特徴のない、ストライプ柄だ。昔から生真面目で、まっすぐな人だった。だけどそのスクエアなところが、すてきだった。

「お飲み物、なんになさいますか」

女将がおしぼりを差し出しながら、にこやかに尋ねる。

どうする？　と浅木は首をかしげて、喉元に指を差し込み、ネクタイをゆるめた。

「生ビールかな」

「じゃあ、俺も」

天気の話と健康に関する軽い挨拶をしていると、ビールが運ばれてきた。小ぶりの薄いグラスはよかった。フレッシュなまま飲みきれる。この分では食事も期待できそうだ。

「この店、よく使うの」

グラスを合わせたあと、メニューを開いて、ミチルは尋ねた。

「いいや、初めて」

「え、初めてなの」

まったく予想していない答えだった。

「うん。銀座がいいって言うから、スマホのアプリで検索してさ。銀座、和食、個室って」

ふーん、とミチルは声を出さずに腹の中でうなった。

「なんで?」

「ううん。別に」

「銀座なんて使わないからさ」

「あれ、浅木さんの会社、この近くじゃなかったっけ」

「まあね」

「こっち来ることないの」

「うん、この頃はあんまり」

「え、転勤か異動したの」

「いや、そういうわけでもないけど」

なんとなく、はっきり説明しないので、話を変えた。

「奥様は? お元気?」

「ああ、元気だよ」

確か、彼も三十過ぎぐらいで、結婚したはずだ。同僚に紹介された女性だと聞いた気がする。

「お子さんも？」

「うん、もう上は中学生、下は小学二年生」

「いいわね」

メニューを見ながら、なんとなく沈黙になる。浅木は黙ってしまうし、ミチルもあれこれ食べたいものをこちらから挙げるのもどうかと思って、遠慮した。

しかし、和紙に達筆な毛筆で書かれたメニューは、「北海道産アスパラガスの炭火焼き」だとか「地鶏のもも焼き」「桜鯛とそら豆の蒸しもの」だとか、見ただけでおいしそうなものばかりだ。

「どうしましょうか」

何も言わない浅木にしびれを切らして、ミチルが水を向けた。

「うーん」

それでも、浅木はメニューを見つめたままだ。

こんな人だったか。メニューを前にじっとうなっているような人だったか。

「どれもおいしそうね」

「うーん」

だから、うーん、はいいんだってば。

ちょうどそこに「お決まりですか」と外から女将の声がかかった。

まだ、ろくに話し合ってもいないのに、浅木は彼女を呼び入れてしまった。

「あ、どうぞ」

「ポテトフライと、この特製たまご焼きを」

メニューの上の方の小皿料理と書いてあるところから、彼は選んだ。

「あ、あと、あたし、この地鶏食べたい」

「じゃあ、それを」

それとねえ、とミチルがメニューに視線を落とした時に、「じゃ、とりあえず、それで」という浅木の声がした。

え、それだけ？　ミチルが声にならない声を出して、顔を上げると、女将がしずしずとお辞儀をして去っていくところだった。

「それで、ミチルちゃん、今はどうしているの」

おいしいものが食べられると期待して、お昼を軽くしてきたミチルはお腹がぐうと鳴りそうだったが、その言葉で気を取り直すことにした。とりあえず、と彼は言ったのだから、また、追加するつもりなんだろう。きっと。

料理を待つ間、ミチルは結婚して離婚して、子供はいなくて、今は元夫が譲ってくれたマンションで暮らしている、ということをあまり悲惨にならないように話した。

「仕事は？　前と同じところ？」

「あ、あそこはやめたんだけど、まあ、同じようなところで働いてるの」

とっさにチラシ配りのバイトのことは言えなかった。浅木はふんふん聞いている。時折にっこりと笑うと、目の端にしわがより、いい笑顔になった。

そうそう、こういう笑顔の人だった。めちゃくちゃハンサムっていうわけじゃないけれどモテる人だったし、男っぽい性格で、でも優しくて聞き上手で、いい人だった。別れたのは、ミチルに他に好きな人ができたことが理由だったが、あとになっても悪い思い出はなく、彼となら結婚してもよかったと夢見れるタイプの男だった。

「この頃、昔のことを思い出すの」とミチルは、運ばれてきたたまご焼きをつつきながら言った。小料理屋だけあって、さすがにそのたまご焼きは、出汁たっぷりでおいしかった。しかし、三切れしかない。一切れずつは食べるとして、残りは食べてもいいのだろうか。半分ずつなんだろうか。二十代の付き合っていた頃なら、「これ、あたし食べたい」となんの迷いもなく箸を伸ばしただろう。浅木は優しくて、ミチルは彼に甘えていて、わがまま言い放題だった。

「……就職してすぐの、浅木さんと付き合っていた頃の時代。いろいろあったけど、いい時代だったよね」

浅木は返事をしないが、ミチルはかまわず続けた。

「なんだか、バブルってずいぶんばかにされたり、貶《おとし》められたりするけど、やっぱり楽しかった」

「へえ、そう」

その返事が何か変で、ミチルは、こんがり焼けた地鶏から顔を上げた。

「まだそういうこと言ってる人いるんだ」

浅木の顔に冷笑が浮かんでいる。

「浅木さんは、いい思い出ないの？」

「まったくない」

彼は吐き出すように言った。

「そう……だったの。ごめんなさい。浅木さんにはずいぶんよくしてもらったから、同じように感じているのかと思った」


浅木は、大学を卒業してからすぐに付き合った人だ。

ミチルは二十三歳になったばかりで、彼は二つ年上の二十五歳。たった二年早く社会に出ただけだというのに、ずいぶん大人に見えた。

あの頃、丸の内で働いていたミチルは先輩女性社員に連れられて、ずいぶんたくさんコンパに出たものだ。週に一度は必ず。さらに、大学時代の友人にも誘われたから、週に二、三回の時もあった。

とはいえ、ミチルも、入社当時はコンパが苦手だった。来ているのは皆、年上のぱりっとしたデザイナーズスーツを着たサラリーマンばかりだった。色とりどりでダブルの、体が泳ぐほどぶかぶかのスーツはずいぶん遊びなれた大人に見せる。なんだか気おくれもしたし、怖いようでさえあった。

そんなミチルが注目したのは、六歳年上の椎名綾子《しいなあやこ》だった。

綾子はそう目立った美人ではなかった。目鼻が全部小ぶりで、テニスが上手でいつも日に焼け、それなのに手足はぽっちゃりしている。よく気が利いていつも愛想がいいので会社でも上司の受けがよく、ミチルも大好きな先輩だった。しかし、一見容姿のパッとしないこの女性が、コンパに行くとものすごい人気だった。

コンパの次の日は、彼女あての電話が会社にじゃんじゃんかかってきたし、次もまた会いたい、というお誘いが引きも切らない。

ミチルはある時、思い切って尋ねてみた。どうして、先輩はそんなにモテるんですか、コンパでどう振る舞えばいいんですか、と。

「そんなの簡単よ」

綾子は小さな目を見開いて、きらきらさせながら言った。

「今の仕事に就いた時の話を聞けばいいのよ」

この人はいい人だけど、やっぱり茶色いお盆か団扇《うちわ》の上に、小さな豆が載ってるみたいな顔だ。それなのに、どうしてもっと美人の岩井《いわい》先輩やモデルばりのスタイルの小森《こもり》先輩よりモテるんだろう、とミチルはさらに食い下がった。

「仕事に就いた時？」

「どうして、今のお仕事を選んだんですか、今の業界に入ろうと決めた動機はなんなんですか、って」

「へえ」

「どんな人でも、今の仕事に就く時には希望に燃えてたはずよ。だから、就職活動中のことなんて、よく話してくれる。しかも、過去を話したことで、男の人は、どういうわけかぐっと親しみが増すみたい。ほら、恋人同士とかでも子供の頃のことを話すと、親しくなれた感じがするじゃない」

「なるほどー」

ミチルは感心したが、気になって尋ねた。

「でも、今の仕事がうまくいってなかったり、後悔していたりする人とは話が弾まないんじゃないですか」

「そうね」と、綾子はおもしろそうにうなずいた。「だけど、そうだとしたら、そんな男と付き合いたい？　そんな人と話が合って、付き合うようになっても、毎回デートで仕事の愚痴を聞かされるのがおちよ。だったらそんな男、排除した方がいいじゃない」

「なるほどー！　綾子さん、すごい」

　さすがの綾子も、ミチルの手放しの賛辞が嬉しかったのか、小さな鼻のさらに小さな小鼻が膨らんだ。

「でも、どうして次の誘いが多いんですか」

「それも簡単なこと。隣に座った男に、そのコンパが仕事関係で集まっているなら『次はそちらの大学時代の同級生たちとコンパしませんか』って聞くし、大学関係で集まっているならその反対に『会社の同僚か同期でコンパしませんか』って聞くのよ。いやがられることなんてないわよ」

「だから、綾子さんはリピート率百パーセントなんですね」

「誘うなんていやだって人もいるけど」綾子は肩をすくめた。「でも、別に結婚してくださいとか、付き合ってくださいってお願いするわけじゃないんだから。ただ、またコンパしませんか、って言うだけなんだから。若い間にいろんな人に会うって悪いことじゃないと思うし」

　そういう会話をしたあと、綾子は、心がけてミチルの近くに座って男性との会話をサポートしてくれるようになった。今になるとわかるのは、彼女がモテていたのは、結局、小手先の会話術などではなく、そういった気配りや優しさだったのではないだろうか。コンパなど軽薄の極みのように言われることが多いが、男の人はちゃんと見るところは見ているのだ。

これは野茂がドジャースに入団して、トルネード投法でばりばりに活躍していた頃の、その少し後の話になるが、ミチルたちは「丸の内ドジャース」と呼ばれたこともあった。美人でノリのいい女性ばかりが集まっていて、「絶対、期待を裏切らない」と、近所に本社があった超一流商社の男性たちから、そう命名されたのだった。

綾子は二十九歳の時に、やっぱりコンパで知り合った、都銀の超エリート銀行マンと結婚した。今は夫の転勤にともなってロンドンに住んでいる。

彼女の結婚式にはミチルも出席したが、旦那さんはコンパなんかで誰かと知り合うなんてありえない、と常々言っており、綾子と出会った日もいやいやながら出かけて行ったらしい。そこで相手を見つけたのだから世話はない、と仲間たちに冷やかされていた。コンパ嫌いが、それを補ってあまりある綾子の魅力だったのだと、ミチルは感心した。

今でも、毎年、十二月には写真入りのクリスマスカードが届く。二人の子供と一緒に写っている綾子の顔は相変わらず団扇に豆のままだ。けれど、結い上げた髪と仕立てのいいスーツにはどこか気品さえ漂わせていて、若い頃よりもぐっと美しくなっている。

浅木と知り合ったのも、入社したばかりの頃のそういうコンパだ。

彼もミチルと同じ業界の大手建設会社の社員だった。

「あたし、浅木さんによくしてもらったよ」

「よく？　そうだっけ」

浅木は目を細めるようにして尋ねる。

「ほら、仕事で遅くなると、タクシーで送ってもらったりしたし」

「ああ。タクシーチケットは使い放題だったからな」

「あと、おいしいところに連れて行ってもらったり。ＯＬじゃ絶対に行けないようなところ」

「経費も使い放題だったし」

「銀座のクラブにも行ったことあったよね」

「あれは、確か、担当した地元の土建屋の親父《おやじ》が、いつでも好きな時に来て、ツケにしていいって言ってくれてたからな」

「銀座のお姉さんたち、意外にきれいじゃなくてびっくりしたよね」

「そう。たいしたことなかったな」

「そう言えば、浅木さんが」

「ん？」

思い出したことがあったのだが、恥ずかしかったので口ごもってしまった。

「なによ」

「浅木さんが、ミチルちゃんの方がずっときれいだよ、って小さい声で言ったのに、なんかお姉さんに聞こえちゃって、怖い目でにらまれて」

「ああ、ああそうだった」

彼はこの店に来て、初めてぐらい大きな声で笑った。

「二人で慌てて店を出て、銀座の街をダッシュで走って逃げたね」

何がおかしかったのか、浅木とミチルはげらげら大笑いしながら走ったのだ。まわりの人が振り返るほどに。

ミチルは幸せだった。体中が熱くほかほかして、ほてりを鎮めたくて走り出したのだ。

「でもそうだった。ミチルちゃんの方がずっときれいだった。あんな女にどうして大金払うのか、よくわからなかったもの」

浅木とミチルの視線が一瞬絡み合う。それをほどいたのは、ミチルの方が先だった。

「でもさ、豊かって思ってたのは、ただのものがたくさんあったってことだよね」

もっと褒めてほしかったのに、浅木は話を元に戻した。

「ただのもの？」

「そう。役得っていうか。タクシーチケットとか、経費とか、土建屋の親父がおごってくれる酒、とかさ。実際に金を持ってたかって言うと、そうでもないんだよな。俺もいつも金がなかった気がする。食事とか、物も服も高かったし、高くても買わないわけにはいかない時代だったし」

「なるほどねえ。確かに、お金ないね、ってよく言ってた」

「でも、女子の方がそういううまみはあったんじゃない」

「まあ、飲み会とか、会社の歓送迎会とか、そういうところでお金を払ったことなかったよね」

「だよな。あれ、誰が払ってたんだろう」

「まさに、その土建屋の親父とかじゃない」

「飲み会が終わったあと、そういう人を呼んで払わせてた上司とかいたわ」

「今じゃ、考えられないよね」

「まあ、こっちも逆に接待したりしてたからな」

「ああいうお金、どこに行っちゃったんだろう」

「あるところにはあるんじゃないの」

「今の若い人、そういう意味ではかわいそうだよね。ただのもの、なんにもなくて」

「そういう、ただのもの、が俺らをスポイルしたんだろうな」

「そう？」

「気がついたら、身の丈以上に買いかぶるようになってた。ただの時代の流れだったのに」

「でも、楽な時代に若い頃を過ごせたのは、ありがたいことかもしれない。今の若い人に比べたら……」

「いや、だから、いつもばかにされるんだよ。俺らの世代はぜんぜん評価されない。今ならうちの会社になんて入れなかったレベルの人間だって、はっきり言われることもあるよ」

「そんなひどいこと、言われるの？」

「まあ、俺たちも団塊の世代とかさんざんばかにしてきたから、しょうがないのかもしれないけど」

「まあねえ」

ミチルはふっと、飲み物も食べ物もテーブルの上には何もないことに気がついた。ビールは飲み干してしまったし、食べ物も最後の一切れを食べてしまった。けれど、浅木はメニューを開こうともしないし、何飲む？　と聞いてもくれない。

空の皿から、目を上げた時、浅木と視線がぶつかってしまった。一瞬だけそれは絡まり合って、そして、そろって目をそらした。

どうして追加しないの。

ミチルはそれを尋ねずに、できるだけ優しい声で「そろそろ出ようか」と言った。

「あたしね」とミチルは駅までの道々、浅木と並んで歩きながら言った。

「今、チラシ配りのバイトしているの」

「チラシ配り？」

「そう。会社やめて、そのあといろんなところを探したんだけど、どこも断られちゃって。あたし、歳も歳だし、資格とかも何もないでしょ」

ミチルはアルバイトの内容を説明した。

「マンションが一枚二円、一戸建てが五円。安いでしょ」

「チラシって、時々ポストに入ってるよね。すぐ捨てちゃうけど……ミチルちゃんみたいな人が入れてたのか」

「そう。でも、こんな仕事でもね、働いてると勉強になるし、気づかされることもあるの。健康的だし楽しい」

「俺、今、仕事してないんだよね」

浅木の告白は唐突だったが、あまり驚かなかった。

「リストラ。いわゆる、普通のリストラ」

「ああ」

「辞職したんだけどね。希望退職者を募られた時、つい手を挙げちゃったんだよね。俺の部署の後輩たち、皆、家族やローンを抱えて絶対やめられない状態だったから。まあ、俺も状況は同じようなものだったんだけど、親から譲られたマンションがあって、住むところはあったから、ついかっこつけちゃって。次の仕事なんて、すぐに見つかると思ってたけど、ぜんぜんなくて」

「そう」

「俺ら、やっぱり引きずってるのかなあ。就活がめちゃくちゃ楽だったから。俺なんて十社以上内定もらって、リストラされた会社の人事担当には土下座されたんだから。入ってくれって」

「そういう時代だったよね」

「入社後も引き抜きの話があったし、社長賞ももらって……いい記憶がなんだかんだ言って、まだ消えてなかったのかもしれない。厳しい厳しいって言われてたのに、どっか軽く考えてた」

「大変だったんだ」

「一年仕事探しても就職できなくて、嫁さんは子供を連れて実家に帰ったよ」

さすがに軽く返事ができなかった。

「土下座までされて入った会社にクビにされるんだもん、しょうがないよね」

「そんな」

「皆のためにやめたつもりだったのに、後輩たちは俺のこと、笑ってるらしいよ。実力もともなわないのにずっとおいしい思いをしてきたから、すぐに仕事が見つかるなんていい気になってあんな目に遭うんだって。同期のやつが教えてくれた」

さっきの店、あたし払おうか、割り勘にしようか、と言おうとして飲み込んだ。それはそれで彼を傷つけてしまいそうな気がした。ミチルは思わず、浅木の手を握った。なんの媚《こび》も計算も、もちろん下心もなく、子供が友達と手をつなぐような感覚だった。

「俺たち、甘えてたのかな」

その言葉に、ミチルは同意もできなかったし、否定もできなかった。ただ、握っている手に力を込めた。

「でも、ちょうど、若い頃のこととか思い出してた時に、ミチルちゃんからメール来て救われたよ。ありがとう」

「こちらもありがとう」

地下鉄の駅のところで別れた。

浅木と会った日の翌朝も、ミチルは早起きしてチラシを配った。

体を動かす仕事というのはありがたいものだとしみじみ思う。彼と話していた時どうして本当のことをなかなか言えなかったのか。これがあたしの仕事なのに。しゃんとしなくちゃ、と思ったら、久しぶりに佳代子に会いたくなった。

彼女と会う時は、たいてい向こうから連絡が来たから、進んでメールしたり電話したりしたことはない。改めて連絡を取ることにためらいと照れがあった。いつも気楽に質問でも連絡でもしてね、と言われているのだから歓迎はされるはずだったが。

それで、チラシ配りをしたあとに足を延ばして、彼女の家の方に歩いてみることにした。家をのぞいて、いなかったら帰ってくればいい。

教えられていた住所だけで、なんとか行けそうな気がした。このバイトをするようになってから、ずいぶん、土地勘がついたと思う。これまではどちらかというと、方向音痴と言ってもいいほどだったのに。

どんな場所にも、だいたい男が連れて行ってくれていたのだ。ミチルが行きたいと言えば車を出してくれたし、地図は見てくれたし、電車も時刻表も切符も向こうが調べて用意してくれた。

それが歩いて行けるというのだから、ずいぶん成長したものだ。

しかし、複雑な気持ちしか、ミチルにはわいてこない。あたしは助手席の似合う女でいいのよ、と意地でも免許を取らなかったのが、ついこの間のことのように思える。

今なら、自動車の免許だって、取れちゃうかもしれない。そうすれば、できる仕事の幅も広がるだろうし、お金があるうちに取っておいた方がいいのだろうか。

今まで考えたこともなかったことが思い浮かんで、ミチルは驚く。昨日、浅木と会って話したことがよほど応えたのか。

　佳代子は庭先で水をまいていた。

「あらー、ミチルさんじゃない。入って入って」

　訪問の理由を言わなくてはならないと考えていたが、まったくそんな必要もなく、佳代子はミチルを受け入れてくれた。

　佳代子の家は、典型的な豊かでのどかな中流家庭といったふうで、通された居間にはソファセットとカバーのかかったアップライトピアノが置かれていた。出窓には、アメリカンなテラコッタの植木鉢に植えられたゼラニウムの赤い花が咲いている。

「すみません。急におじゃましまして」

「いいの、いいの。うちはいつでも暇なんだから。今、うちの人は図書館に本を返しに行っているの。そろそろ戻ると思う」

「あ、でも、チラシの方は？」

「このところいつも夕方よ、私は」

　それで、しばらくチラシ配りの話で盛り上がった。

　初心者の頃と違って、しばらく続けると、また違った疑問が出てくる。

「この間、チラシお断りのマンションの前を通ったんですけど」

「うん、うん」

ティーポットから紅茶を注いでくれながら、佳代子はうなずいた。そのポットには、手作りらしいカバーがかけられていて、佳代子の見た目からは想像できなかった、丁寧な暮らしぶりが透けて見えるようだった。

「通り過ぎようとしたら、ちょうど買い物かなんかから戻った住人に、一枚頂戴って言われたんですよね」

「あらそう」

「不動産関係のチラシだったんですけど、そしたら、これからうちだけには入れてくれないかって」

「そういうことも時々あるわよねえ。チラシお断りは、大家さんや管理人さんが決めることが多いから」

「でも、ポストのあたりをうろうろしてたら、注意されるかもしれないし、一枚だけ配るのは手間も大変だし」

「まあ、できたら、管理人さんに話して了解を取り付けておいた方がいいわよね。その住人の方が言ってくれればもっといいんだけど」

「ええ」

「手間の方はねえ、まあ、しょうがないわね。そうしているうちにだんだん配ってほしい人が増えるかもしれないし」

それから、ミチルは石井きく乃と出会って家賃の交渉をすることになった話をしてしまった。きく乃には大家から連絡があって、希望通り五千円の家賃減額が認められていたのだった。佳代子はおもしろそうに、ところどころで大笑いしながら聞いた。

「あなた、やっぱりそういうこと、上手なのよ」

「そういうこと？」

「値段や条件の交渉をすること」

「そんなことないですよ。普通ですよ」

「ううん。スマートフォン買う時だって、面倒見てくれたじゃない。だけど、わきで聞いていても嫌な気持ちにならないの。言い方が丁寧だし、無理過ぎる交渉はしないから。それって立派な特技よ」

「そんなたいそうなことじゃないです。今回は内容証明だけですんだし」

そこに、佳代子の夫が戻って、居間をのぞいた。

「あ、おじゃましてます」

ミチルは慌てて立ち上がってお辞儀した。

「ごゆっくり」

いつものように、渡辺氏は無表情だが、不機嫌ではない顔で短く言った。

「あなたもお茶飲まない？」

そう誘われると、静かに入ってきて佳代子の隣に座った。

「今ね、ミチルさんからおもしろい話を聞いたのよ」

そして、佳代子はミチルが家賃の交渉をしてやったことを説明した。

「ね、すごいことよね。そのお婆ちゃんはきっととっても嬉しかったに違いないわよね」

「うむ」

渡辺氏は表情を変えずに深くうなずいた。

「ミチルさんて、意外に積極的っていうか、優しいっていうか、そういうとこ、あるのね。事務所で初めて顔を合わせた時には、あんまり人とかかわりたくないような感じだったけど」

佳代子を拒否していたのを見透かされていたか、と恥ずかしくなる。

「ええ、普段はっていうか、これまではそうだったんですけどね。仕事やめるまでは、そういう機会もなかったし……大企業に入っている会社員も、意外にその世界以外の人と話したり、付き合ったりすることって、ないんですよね」

「でも、いいことしたわ。うちは持ち家だから必要ないけど、知り合いでそういうことが必要な人がいたら、紹介しちゃうかも。年寄りはなかなかできないことだから」

「いいえ、そんな。たいしたことじゃないですって」

「大丈夫、自信持ちなさいよ」

「いいことです」

急に、渡辺氏がその重厚な声を出したので、ミチルはびっくりした。けれど、彼が言ったのはそれだけだった。それでも何かのお墨付きをもらったみたいに嬉しくなった。無口な人は、たった一言だけで言いたいことを伝えられるし、重い意味を持たせられるんだな、とミチルは感心した。

「そうよ、お父さんの言う通りよ。素晴らしいことだと思うわ」

佳代子は何事もなかったかのように、彼の言葉を受け取って、にっこり笑った。

帰りに、昔の仕事の関係でいまだに業者から届け物があるのだ、と言って、佳代子は高価そうな魚介類の缶詰やらパック詰めの佃煮《つくだに》やらを、ミチルに持たせてくれた。大いに恐縮しながら受け取ったが、ありがたい贈り物だった。

石井きく乃から、か細い声で電話があったのは、それからすぐのことだった。

「ミチルさん？」

あまりに小さな声なので、携帯電話に表示された名前がなかったらいたずら電話かと勘違いしてしまいそうだった。

「はい。ミチルです。お元気ですか」

反対に、こちらははきはきした大きな声を出してしまう。

「きく乃です」

「あ、わかってますよ。携帯に名前が出ますから」

「あらまあ、そうだったわね」

きく乃の用件は、お茶菓子に羊羹《ようかん》を作ったのでよかったらチラシ配りの途中に寄らないか、ということだった。

「羊羹、作られたんですか」

「むずかしいことじゃないの。安い小豆《あずき》があったから煮て、寒天を入れて練っただけ」

「練り羊羹ですね」

「そうなの」

あと、それからね……ときく乃はおそるおそるという感じで付け加えた。

「実は、この間、ミチルさんにやってもらったこと、こっちの老人クラブで話しちゃったの」

「え。老人クラブってなんですか」

「近所の集会所で、週に二、三回集まって体操とか手芸とかやるのよ。帰りにお菓子もらって……あたしはあんまり買ったお菓子は好きじゃないから食べないけど……その時に、つい、嬉しかったものだから家賃が安くなったこと、話しちゃったの」

「まあ、いいですけど」

「そしたらね、やっぱり、同じように賃貸の方がいて、やってほしいって言うのよ」

「えー」

「それで、一応、ミチルさんに頼んでみるって」

「そんな。また、うまくいくかどうかなんて、わかりませんよ。きく乃さんの時はすでに値段が下がっている、っていう事情があったからすぐに話が進みましたけど」

「ええ、だからね、あたしもそれを言ったんですよ。そしたら、その人……前田《まえだ》さんていう一人暮らしのお爺《じい》ちゃんなんだけど、近所の不動産屋を回って、三千円安く広告が出てるの、見つけちゃったんだって」

そこまで話したところで、ミチルはきく乃の電話代がかかることに気づき、チラシ配りの時に寄ります、と言って切った。

おおよその時間を言っておくと、きく乃の家に着いた時にはすでにその前田という老人も待っていた。

「すみませんねえ」

彼はきく乃以上におとなしい性格のようで、恐縮して身を縮めるようにしていた。ミチルが部屋に入っていくと、座布団から慌てて降りて丁寧にお辞儀をした。鼻のわきに大きめのほくろがある、白髪を短めに刈った身綺麗《みぎれい》な老人だった。手編みのベストを着ている。

「いえいえ。きく乃さんからお聞きになられたかもしれませんが、うまくいくかどうかはわかりませんよ」

「いえいえ、もちろん、だめだったらそれでいいんです」

「そうですか……」

ミチルは、前田に座布団を勧め、その前に座った。きく乃がお茶と羊羹を出してくれた。

「あ、おいしい」

「そうでしょう。甘みはおさえたの」

「すごく上品ですね」

「たくさん作ったから、持って帰ってね」

三人でお茶をすすっていると、外から、カラスの声がした。ミチルは、田舎の親類の家に遊びに来たような気持ちになった。

前田は、妻が亡くなってから一人暮らしをしているのだ、と話した。

「家に長男を呼んで、同居してたんですけどね」

嫁とどうしても馬が合わなかった。

「向こうも、悪い人間じゃないんです。お嬢さんで、料理も丁寧で孫もいい子たちだし……だけど、どうも息が詰まるような、自分がよそ者のような気がして」

前田は言葉を選び選び話し、それ以上の愚痴は言わなかった。

「家を出ることにしました」

「え、でも、前田さんのおうちだったんじゃないですか」

「ええ、でも、こっちのわがままですから。長男は都心のマンションを売って来てくれたので……」

今は、年金だけで暮らしていると言う。

「なにからなにまで、自分の勝手なんで」

「そんな」

皆、ままならない事情の中で生きてるんだな。そう思いながらお茶をすすった時、ふっと気がついた。

前田老人が着ているベストとコタツにかかっている毛糸のカバーが、かぎ針編みの同じモチーフを使った編み方なのだ。色はベストがグレーと紺の混ざった色で、コタツの方が臙脂だ。こんなさりげないペアルック、初めて見た。

控えめ過ぎるよ、きく乃さん。

なんだか愉快な気持ちになって、きく乃と前田を見比べる。

「いいですよ。やりましょう」

「え、いいんですか」

二人が同時に顔を上げる。

「お役に立てるかわかりませんけど、あたしなんかでよかったら、不動産屋にご一緒して、内容証明を作りますよ」

「ありがとうございます」

二人そろって頭を下げている様子を見て、でも、それより二人で一緒に暮らした方が経済的じゃないですか、と言いたくなって、ミチルはにやにや笑ってしまった。

もしかしたら、人生というのは、とてもとても長いものかもしれない。思っているよりも。

交渉の方はあっけないぐらいにうまくいった。前田の姪だと自己紹介し家賃の件を話すと、年配の不動産屋の男はすぐに大家に電話してくれた。提示されたのは、貼り紙と同じ、三千円安い家賃だった。内容証明を出すまでもなく、あっさりと決まった。

「姪っ子さんってホント？」

交渉が終わり、前田が店でトイレを借りている時に、不動産屋はミチルの顔を見てにやりと笑った。太った男で、紺のシャツにはいているズボンのウエストがはちきれそうだ。

「お姉さん、初めて見る顔だけど、あれでしょ？　不動産交渉屋でしょ」

「は？」

「いや、こっちも商売ですから、本物の親戚かどうかなんて、一目見ればわかるよ」

「なに言ってるんですか。あたしは姪です。交渉屋なんかじゃありません」

「またまた。まあ、お手柔らかに頼みますよ。不況になってから、こっちも防戦一方だ」

　男はそれでもなおにやついていたが、ミチルが表情をいつまでも崩さないので、真顔になった。

「あれ、違うの。これは失礼しました。でも、親戚じゃないでしょ」

「だから、姪です」

「……ま、いいや、そういうことにしときましょ」男は肩をすくめた。「でも、親戚でも交渉屋でもないとするとわからないことが一つある」

「は？」

「お姉さんが、どうしてこんなことをしているか、だ」

　ま、お互い持ちつ持たれつで……と言いながら彼は名刺をくれた。そこには、「相場《あいば》不動産　相場昭男《あきお》」と名前が書いてあった。

　その時、前田がトイレから出てきたので、ミチルは男を一にらみすると、肩をいからせるようにして店を出た。不思議な男だった。

帰りにきく乃の部屋に寄って三人でまた話した。きく乃は黒糖を使った蒸しまんじゅうを作って待っていてくれた。今度は鬼まんじゅうではなく、中のあんこにも黒糖が使われた、かなりこっくりした味わいのものだった。

前田ときく乃を見ていると、やっぱり人生は長いものだと思えてくるのだった。人生は短いようで長い。それも楽しめる時間が案外長いのではないか、と。

――それは違う。

ミチルの中で、昔、聞いた声が響く。

「君はこれからも、こういう気持ちや時間がずっと続くと思ってるかもしれない。人生が終わるまでずっと続く、と。でも、それは違う。そういうことができるのは、人生のほんのわずかな時間だけなんだよ。それに気がついた時には遅いんだ。人生は終わりに差し掛かっている」

そうなんでしょうか。飯塚《いいづか》常務。

ミチルはそれを言った男の面影に尋ねる。

そういうことなんでしょうか。

もう一度、彼に聞きたくなった。

小柄な飯塚昭彦《あきひこ》はちょこんとホテルのロビーの椅子に腰かけていた。

「飯塚常務、お元気そうですね」

「うん」

迷ったが今の役職がわからないので、昔のままで呼んだ。お変わりなく、と続けそうになって、ためらった。お変わりあった。飯塚は老けていた。もともと髪の少ない人であったが、今はてっぺんは禿げ、耳の上にわずかにもじゃもじゃと残っているだけだし、頬のシミも濃い。無理もない。十五年ぶりなのだから。

「ミチルちゃんは、相変わらずかわいいね。ぜんぜん変わってない」

飯塚は素直にそう言って、微笑んだ。それでミチルもやっぱり、お返しに言うことにした。

「常務もお変わりなく」

「うん。そうでしょう。毎日必ず一万歩は歩いているんだよ。足腰は昔より強いよ」

ポケットをごそごそ探って、彼は歩数計を出す。

「ここへ来るまでに四千五百歩以上歩いちゃった」

へえ、すごいですね、と言いながら、差し出された小さな機械のデジタルの数字を覗き込む。驚いていた。飯塚は歩数計を持ち歩くタイプとは最も離れたところにいる人だと思っていたから。

この人に初めてフォアグラを食べさせてもらった。キャビアも食べさせてもらった。すっぽんも、河豚《ふぐ》も食べさせてもらった。ロマネコンティも、シャトー・マルゴーも、「麤皮《あらがわ》」のステーキも「トゥールダルジャン」の鴨《かも》も、ハイヤーもファーストクラスラウンジも。贅沢という名のすべてのことを惜しげもなく、ミチルに降り注いでくれた。なんの見返りもなく。

最初に会った時、ミチルは二十三歳で、飯塚は三十二歳年上の五十五だったから、今は……七十七。老けるはずである。

「さあ行こうか」

飯塚は先に立って歩き出した。

一緒に連れだって歩く銀座は、先日、浅木と使ったばかりだったが、飯塚の時折ふらつく足元を気にしながらだと、また違った街に見える。

飯塚が予約していたのは、老舗のフレンチレストランだった。

ランチタイムなのだが、ディナーとほとんど値段が変わらない。一番高いコースを頼んでくれる。ミチルは嬉しいというよりも、どこかほっとした。彼はメインにヒレステーキを選んだ。

「この歳になると逆に肉の方がいいんだよ。和食より洋食がいい」

「そういうものですか」

「ええ。ミチルちゃんも歳取ればわかりますよ。僕は刺身もだめになってきちゃった。妙に生臭く感じてね」

ミチルはメインを鯛のソテーにした。

「近頃はどんなふうにお過ごしですか」

メニューが決まってウエイターがうやうやしく下がると、ミチルは手持ち無沙汰になり、なんだか取り留めもなく尋ねてしまった。

「そうねえ、近頃ねえ」

飯塚は遠くを見るような目つきをしてしばらく黙った。

「映画なんかよく観ますよ。シルバー料金になったものだから。妻と一緒にね」

そうだった、飯塚は昔から映画をこまめに観る人だった。

「そういえば、『ピアノ・レッスン』ご一緒しましたよね。飯塚常務がいい映画だからと誘ってくださって」

「そうでしたっけ」

「ええ。日劇プラザで」

「ああ」

「さすが常務が選ばれるだけあって、素晴らしい映画でした」

「ええ、でも」飯塚は苦笑いした。「今はああいうのはもういいね」

「え」

「今はドンパチしたのを観たい」

「任侠《にんきょう》映画みたいなものですか」

「いや、もっと新しい、わかりやすくて、爽快な。この間観たのは、『ダイ・ハード』の最新作」

ミチルは思わず笑ってしまった。「ああいうのですか」

「そう。小難しいのや、フランス映画みたいのは面倒だよ。すかっと時間を忘れさせてくれるのがいい」

「なるほど。そういえば」

「なんだい」

「『ダイ・ハード』の一作目は観ましたか」

「ああ。もちろん。あれが一番いいからね」

「あれって、一九八〇年代の最後の方でしたよね」

「そうだね」

「テロリストに襲われたビルが日系企業で、日本人社長でしたよね。日本はイケイケで、世界中を買い占めそうな勢いで」

「そうだった。ロックフェラーを買収したのも、あの頃だったね」

「ええ、だから、映画の中で日本人を襲わせるのは、なんとなくわかりましたけど、日本人社長には違和感があったんですよ。はっきり覚えてないんですが、『自分の力でここまで来た』みたいなことを言うんですよ。日本人だったら、皆様のおかげです、って言うと思って。本心はそう思ってなくても、口ではそう言うんじゃないでしょうか」

「ああ。だけど、僕の印象は違うな。『皆様のおかげで最良の年でした』みたいなセリフだったと思う。それに、あの人、名前も顔も日本人的だったけど、日本人じゃなくて日系アメリカ人だったんじゃないかな」

「え、そうなんですか。あたし、てっきり日本人かと思ってました」

ミチルは飯塚に断り、スマートフォンを取り出すと、ネットを使って調べた。まさに、『ダイ・ハード』でテロリストに襲われる、ナカトミ商事のタカギ社長は日系アメリカ人の設定だった。

「さすが常務。昔から細かいところもちゃんと覚えてるんですね」

「映画の記憶というのは不思議なものだね。思いがけない間違いをしたり、歳と共に変わっていく」

ミチルは飯塚にスマホを渡して見せた。彼は目を細めてそれを見て、うなずく。

「それにしても、便利な時代だよね。こうやってレストランのテーブルですぐに調べられるんだから」

「常務は、スマホは……」

「まだ使ってないの。携帯電話は持っているけど」

「そうですか。でもまあ、日系企業が襲われるっていうのも、逆に気持ち良かったですよね。悪役になってつぶされそうになるのが、向こうに快感をもたらすぐらい、日本というものに勢いがあるっていうことだから」

「はははは。そういう時代だったからね。今だったら、笑ってられないかもしれないよ」

談笑している間にメインディッシュは終わり、ウエイターがデザートを聞きに来た。飯塚はジェラートの盛り合わせを、ミチルは洋梨のタルトを選んだ。

「飯塚常務にお聞きしたいことがあるんです」

ミチルはデザートを前にあらたまった。

「なんでしょう」

「この歳になって、あたし、わからなくなったんです。あのお」

「なあに。僕に答えられることなら、なんでも聞いてよ」

「はい、じゃあ、お聞きします……人生は長いんでしょうか。短いんでしょうか」

「え」

さすがに飯塚は目を瞠った。

「なんだい、ずいぶん哲学的なことを聞くなあ。藪《やぶ》から棒に」

ミチルは笑わず、真剣に胸の前で手を握り合わせた。

「飯塚常務はお忘れになったかもしれないけど、昔、こうおっしゃいました。『君は今のような気持ちがずっと続くと思っているかもしれないけれど、それは違っている。そういう気持ちが味わえるのは、人生の短いひと時なんだよ』って。今、常務のお歳になってもそう思いますか。人生は短いひと時でしかないと」

「…………」

飯塚はしばらく考えていた。耳の後ろをかき、頬杖《ほおづえ》をついた。

「あの頃ね……」

そして、また、遠くを見つめる目になった。


飯塚は取引先の役員だった。ミチルが勤めていた大手建設会社が仕事を発注している中規模の建設会社で、彼はそこの創立メンバーの一人だったと聞く。つまり、ミチルの方が接待される側の人間だったわけだが、飯塚の方がずっと年長だったから、それに見合った態度をとることは忘れなかった。

しかし、その差し引きゼロのような立場が、お互い気楽な相手であり、ミチルからしたらいい意味で付き合いやすい「オジサン」となった。言葉遣いこそ敬語は絶やさなかったものの、内容的にはかなり言いたいことを言える相手であった。

最初の出会いは強烈だった。

入社したばかりのミチルは、たまたま飯塚からの電話を受け、上司である課長のアポイントを取ってあげたのだ。その後、会社に訪れた飯塚を応接室に案内し、お茶を出したところ「電話を取り次いでくれたお礼」と言って、彼は小さなぽち袋をミチルの胸ポケットに差し込んだ。

お盆を手にしていてとっさに断れなかったこともあるし、言っていることがよくわからなかったこともあり、ミチルはそのまま受け取ってしまった。彼が帰ったあと、それを開けてみて驚愕《きょうがく》した。一万円が折りたたまれて入っていたのだ。ミチルはそれをそのまま上司に渡し、上司から飯塚に返してもらった。もったいない気もしたのだが、一万円は気楽にもらえる額ではなかった。

しかし、その一連の出来事から、彼はミチルをことのほかかわいがってくれるようになった。

その後は現金こそもらわなかったものの、高価なハンカチやパンティストッキングなど、断りにくいプレゼントをたびたび贈られた。また、ミチルに何人か友達を誘わせて、高価なフレンチや河豚やお寿司をご馳走してくれることもあった。そういった場所に行くと、帰りは必ずタクシーチケットを何枚ももらえた。その他、ミチルが好きな歌手のコンサートや、ミュージカルのチケットなどを取ってくれたのは数知れない。

受け取ることに抵抗感があったミチルも、飯塚の「仕事をスムーズにいかせるための経費なんだから、あなたがもらうのは当然の権利なのだ」という説得と、まわりの上司などはもっと高額な接待を受けている事実を知るにつれて、だんだん気持ちが麻痺《まひ》していった。

そして、そんな関係が三年ほども続いた、ある日、めずらしく彼と二人きりで食事をした夜だったと思う。

ミチルは浅木とも別れたばかりで、次に好きになった取引先の男性のことをずっと飯塚に話していた。そういった、恋の悩みを打ち明けるのには、うってつけの相手だった。

ふんふんと何時間も話を聞いたあと、飯塚が言った。

「恋しているんだね」

「やっぱりそうでしょうか。でも、どうかなー?」

もちろん、それをわかっていながら、ミチルは頰に手を当てて笑った。

「恋かわからないけど、彼といつも一緒にいたいと思うんです」

すると、飯塚は静かに言った。

「君はこれからも、こういう気持ちや時間がずっと続くと思ってるかもしれない。人生が終わるまでずっと続く、と。でも、それは違う。そういうことができるのは、人生のほんのわずかな時間だけなんだよ。それに気がついた時には遅いんだ。人生は終わりに差し掛かっている」

当時のミチルには、彼の言っている意味が完璧にわかったとは言い難かった。

そうかしら、と思った。そんなの気持ち次第じゃないの？　あたしはいつまでも恋するつもりだけど、と。

「いいや、違うね」

飯塚はきっぱりと言った。

「僕は間違っていた。まだ、若かったんだ」

「そうですか。やっぱり、そう思いますか？」

ミチルは身を乗り出した。そして、石井きく乃と前田老人のことを話した。

「ああいう関係もあると思うんです。人生の終わりに差し掛かって、めぐり合うような二人も」

「君の言う通りだよ。人生は長い。この歳になっても、楽しいことはたくさんある」

「よかった」

ミチルは心から言った。

「よかった。それを聞いて安心しました」

「僕は、君のことが好きでした」

　ミチルは息をのんだ。まったく予期していないことでもなかった。けれど、こんなふうに明かされることは決してないと思っていた。だからこそ、彼からの接待を受けていたというのもある。ずっと、飯塚の好意と節度に甘えていた。

「光栄ですが……」

「君は、僕が最後に輝いていた時代の象徴です。今日、君に会ったら、なんだかそれを直視してしまうようで怖かった。けれど、来てよかったよ。今話してて、すべてが終わったわけじゃないってわかったから」

「あたしにとっても、飯塚常務は豊かだった時代の象徴のような人です。あの頃を思い出すと、一緒に常務のことも思い出します」

「今日はね、ミチルちゃんに会うと、ちゃんと妻にも言ってきたんだよ」

「はあ」

　飯塚の言葉に、ミチルは戸惑った。

「昔は言わなかった。若い女の子と食事しているなんて」

「そうだったんですか」

「そしたら、妻がね、若いお嬢さんと会うなら、ちゃんとしていかないと、って言って、背広もシャツも靴下も、全部きれいなものを用意してくれた。それをそのまま着てきたんだよ。恥ずかしいことにならないようにって、財布に十万円入れてくれてね」

「そうでしたか」

思わず、ミチルは微笑んだ。

「いい奥様ですね」

「うん。うちもいろいろあったけどね。でも、今は一番仲良しなのは妻だよ」

「それは、それは」

「ミチルちゃんも、いい歳を取りなさいよ。君が、一人で人生を過ごすと思うと心配だよ。きっと郷のお母さんも同じだと思う」

「はい、ありがとうございます。誰かいい人が見つかると良いんですけど」

「うん」

「頑張ります。あたしも」

結婚関係のことを言われて、こんなに素直になれたのは、久しぶりな気がした。

4

おいっ！

男の野太い声が後ろからした。

飯塚と会ってから一か月ほどが経っていた。ミチルは、いつものようにチラシ配りをしている最中で、なんだろう、とは思ったが、振り返りもしなかった。

「おい、そこのおばさん」

さらにでかい声で男は怒鳴ってる。

ああいやだ、いやだ、怖い怖い。いっちゃってる人なのかな。かかわり合いにならないように、速く歩こう。

「だから、そこのおばさん、あんただよ！」

はっとしたのは、強い力で肩をつかまれたからだ。驚きで心臓が止まりそうになる。

あんたって、おばさんて、あたしのこと？

「なんですか」

肩を振り払いながら、おそるおそる振り返る。もしもの時には、すぐに走り出そうと身構えながら。

ほっとしたのは、そこに立っていた男が、声から想像したよりもずっと細身で中背のひよっとした色白の若者だったことだ。Tシャツにデニムに薄手のジャケット、茶色の髪はさらさらだ。わりにイケメン。

しかし、ほっとしたのもつかの間、彼は顔を紅潮させてさらに怒鳴りつけてきた。

「あんただな！　おれらの仕事の邪魔をしてくれたのは！」

「おれらの縄張りを荒らして」

「縄張り？　なんのことですか！　人違いじゃないですか⁉」

負けずに大声を張り上げる。こっちも、おばさんと呼ばれたからには、かっこつけていられない。両手を握りこぶしにして、力いっぱい声を出した。

「え？　あんたじゃないのか」

彼は不安そうに後ろを振り返った。その時気がついたのだが、彼に寄り添うように初老の男が立っていた。彼の方はグレーのズボンに半袖のシャツを着、片手に扇子を握っていた。

「この人じゃないのかな」

「どうでしょう」

急に弱気になったのか、連れに向かってぼそぼそと尋ねる。聞かれた方は口元を扇子でかくして首をかしげた。

「あたしがなにしたって言うんですか！」

この時とばかりにミチルはさらに声を荒らげた。

「あたしは、ここでチラシを配ってるだけですよ」

「じゃ、やっぱり、あんただ！」

「はあ？」
若者は、握っていたチラシを広げて見せた。

家賃交渉の代行いたします

家賃は必ず安くなります！

今のお住まい、または事務所の家賃に
ご不満はありませんか？
高すぎる、更新時に値上げを言い渡された、
敷金が返ってこない。
そんなお悩みを解決いたします。
不況下で家賃はどんどん下がっています。
黙って払うことはありません。
ぜひ、一度ご相談ください。
少額の成功報酬のみで受け付けます。

光浦事務所
TEL 03-××××-××××

見慣れたチラシだった。ずっと配ってきたし、きく乃と知り合ったきっかけになったチラシだ。
「ああ、これ」
「ああ、これ、じゃないよ。これはうちのチラシだ！　おれが社長の光浦《みつうら》だ」

ように動かない。

　何かあったらすぐに逃げようと思っていたミチルの足が、地面に張り付いてしまった
「は？」

「あんた、うちらの客を横取りしてくれたらしいな！」

「え」


「つまりは、おれらの縄張りを荒らしたってことだよな」

　ミチルはまた、駅前のファストフード店にいた。

　事務所まで一緒に来い、と手を引かれたのを、ここで話し合おうと提案したのはミチルの方だ。事務所という場所がどんなところかは知らないが、連れ込まれたら何をされるかわからない。

　ミチルの向かいには、出会ったばかりの若い光浦と初老の男性が座っている。光浦はくれなかったが、初老の方は名刺をくれた。横田省吾《よこたしょうご》というのがその名前で、営業部長が肩書きだ。

　営業部長？

　さっきまでいきりたっていた光浦は、横田に大声だけは抑えるようにたしなめられ、我に返ったようだった。

とはいえ、語気は荒い。

「違います。あたしは、困っていたお婆さんをお手伝いするために、一緒に不動産屋に行っただけですよ。家賃が値下げされているっていうことはわかっていたわけだし」

「それが営業妨害じゃなくて、なんなんだよ」

「いいえ、だから、別にこっちから営業したわけでもお願いしたわけでもないわけですよ。あたしはただ」

「じゃあ、その一件はいいとして、そのあと、いろんなところでこそこそやってることは、どういうことなんだよ」

「それは……」

前田老人の件が終わったあと、その友達を紹介されたり、佳代子に頼まれたりで、気がついたら合計五件もの家賃交渉をしていた。

「断れなかったんですよ。好きでやってたのと違います。皆、お金のないお年寄りばかりだし、こっちは報酬もなにも受け取ってないんです！」

「だから、それこそが営業妨害じゃなくて、なんなんだよ！」

「でも」

「あんたのこと、噂になってるんだよ。ただで家賃を安くしてくれる人がいるって」

ミチルの行動はまたたくまに老人たちの間に広まっていたらしい。

「うちに一度、仕事を頼んできた人がキャンセルしてきたんだよ。ただでやってくれる人がいるからって。これこそ立派な営業妨害、いや、泥棒だろうが！」

「泥棒？　ひどいことをおっしゃいますね」

さすがのミチルもかちんときた。

「泥棒というからには、あたしが盗んだものを言っていただきましょうか。あたしがなにを盗《と》ったっていうんですか。お金ですか。一円ももらってませんけど？」

「う」

「そういう、ど素人でもできる仕事で、大金をせしめてるそちらの方が泥棒ってことになりませんか。いかがですか？　違いますか？　シャチョーサン？」

「社長」をできるだけ小ばかにした言い方で発音した。

「大金なんてせしめてない。こっちは、たった一万二万の手数料をいただいているだけだ。相手が老人だったらなおのこと、割引料金でやらしてもらってる。そんなふうに一人二人と地道にこなして、やっと信用を得てきた商売なんだよ！　横取りされたらむかつくだろうが」

「知りません。そんなこと、あたくしの知ったことではありません」

ミチルはOL時代、クレームをつけてきた客や取引先と話をした時の感覚を久しぶりに思い出していた。土地や建物に関係する仕事だったから、やくざに近いような輩《やから》から因縁を付けられたことも一度や二度ではなかった。

そうそう、こんなふうに頭がさえざえとしてきて、言葉遣いが逆にきれいに、かつ、冷たくなっていく。この感じ、ずっと忘れてた。体がぶるっと震える。恐怖ではない。いや、恐怖もあるけど、それよりも戦闘態勢準備完了というしるしを体が発している。

「泥棒とおっしゃるならば、警察に行きましょうか。お互い言い分を話して、白黒つけていただきましょうか。あたくしはかまいませんけれども、そちらの方がお困りになるんじゃないですかねえ？　脅迫罪っていう、立派な犯罪もありますし」

「開き直るんじゃねえ」

まあまあまあ、と初老の男が扇子で間に割って入る。

「お嬢さんに悪気がなかったっていうのは、わかるんですよ。私も」

甘い顔すんな、と光浦がにらみつけるのを、横田は笑ってやり過ごした。

こっちの人の方が、社長っぽいじゃないか、とミチルは思った。

「でもねえ」

横田は閉じた扇子で耳の裏をかくような動作をした。

「こっちとしては、宣伝のために、安くない金を使ってチラシ作って配ってるわけですよね。それを、ただでいいからって客を取られたら、これは明らかな営業妨害なわけですよ。あなたに悪気はないし、利益もない。でも、こちらとしては、おたくの事務所の方に抗議してもいい案件だと思いますよ」

あ、とミチルは思わず小さな声を上げてしまった。熊倉や佳代子の顔が思い浮かぶ。それは困る。事務所に迷惑はかけられない。まさに信用問題だ。しかも、ミチルは今、この仕事をやめたくなかった。

安い給料だし、誰でもできる仕事かもしれない。だけど、あれはやっと自分でつかんだ初めての仕事だった。

黙ってしまったミチルに、光浦が嬉しそうに言う。

「そうだよ。こっちは、そちらの社長に話す。クレームをいれさせてもらう」

勢いづく光浦を、また、横田は扇子をかすかに振っただけで黙らせた。

やっぱりこの人の方が怖い。いったい何者なんだ。

「お嬢さんはけんかの仕方を知ってる人ですね」

「え」

「ちゃんとした仕事をしていた人でしょう」

「ええ、まあ」

「社長、私、思ったんですけどね」

「なんだ」

「この人、うちに来てもらったらどうでしょう」

「はあ？」

「え？」

ミチルと光浦が、ほぼ同時に驚く。

「いや、これだけの交渉とか、けんかができる人はなかなかいないですよ。うちには私と社長だけで女性がいなかった。でも、交渉には女性の方がうまくいく時もありますし」

「待ってください、そんな、勝手に決めないでください。あたしは、おたくなんかにお世話になる気はありません」

「でも、今は無職でいらっしゃる」

「無職じゃないです。チラシ配りしてます」

「そんなの仕事じゃない」光浦が憎々しげに言う。

「失礼なこと言わないでください」

「であれば、フルタイムじゃなくていいんですよ。アルバイトっていうか、歩合制で」

「でも」

「でも、なんだよ」

「あたし、いやです、そんなの。お年寄りからお金取るなんて」

「山崎さん、私たちの仕事はなにもお年寄りばかりが顧客ではありません。実際の仕事のほとんどはオフィスや店舗の家賃の値下げです。そっちの方がずっと多いんです。個人の方はあまりいない」

「そうなんですか」

「確かに、うちにはおばちゃんパワーが足りなかったな」

「おばちゃんって言うな」

つるりとしたイケメンの光浦をにらんでしまう。

「おばちゃんの方が、割り切って交渉できることもあるよな」

光浦はミチルを無視してうなずく。

「なるほど、悪くないかもしれない」

「お断りします。あたし、そんな仕事うまくできると思えませんし」

「では、東菱《とうびし》興業の社長に抗議するしかありませんね」

横田がにこやかに言う。

やっぱり、この人、怖い。

ミチルは体が、また、ぶるっと震えた。今度は前とは違う理由で。

「それ、いいかもしれないわよ」

光浦たちと会った数日後、ミチルはやはりどうしても黙っていられなくて、渡辺佳代子に連絡してしまった。

本来なら、社長の熊倉に相談するべきなのかもしれない。重大な契約違反をおかしてしまった可能性もあるわけだから……けれど、まだ、その勇気は出なかった。とりあえず、佳代子に話して助言も聞いて、それから熊倉のところに行けばいい。できたら、一緒に来てもらえればもっとありがたいが……。

佳代子はミチルが電話をすると、すぐに家まで来るように言った。夫の渡辺氏が散歩のついでに買ってきた、というケーキとお茶まで用意してくれていた。

ミチルはかなりびびっていた。もしかしたら、佳代子に叱られるかもしれない……不動産交渉の件は彼女も知っているけれど、光浦たちを怒らせたとなると、東菱興業にも迷惑がかかることになる。

ところが佳代子は、びくついているミチルの話を聞いて、驚く様子もなく、ましてや怒ったりする表情はみじんも見せず、明るく言い切った。

「あなたにぴったりの仕事じゃないの。私、そういうことすればいいと思っていたのよ」

お父さんも呼んでもいい？　と佳代子はミチルに了解を取って、「お父さん、お父さーん、ちょっと！」と二階に呼びかけた。渡辺氏も在宅だったが、ミチルの相談が深刻なものだったら困るので遠慮していたそうだ。

上から降りてきた彼に、佳代子は光浦たちの話をした。

「ね、お父さんもそう思うでしょ？　ミチルさんは、そういう仕事、合ってるわよね？」

「う」

渡辺氏はいつもと変わらず無口で、ただ一言うなっただけだった。

「ね？　ミチルさん、お父さんも大賛成だって。ミチルさんに一番合ってる仕事じゃないかって」

読心術かっ。この夫婦。

しかし、ミチルもすっかり渡辺氏に慣れてきて、彼がそう言っただけであとは無表情で紅茶をすすっているのに、そうかもしれない、と自信が出てきた。

「チラシ配りもいいけど、ミチルさんは若いんだから、そろそろちゃんとした仕事を探さないと、って言ってたの、私たちも」

「でも……」

「チラシ配りの方なら、大丈夫よ。熊倉社長は話のわかる人だし、あなたのこと心配してたから。不動産交渉をしたのだって、悪気があったわけじゃないってことはわかるでしょうからね」

ミチルは不安や戸惑いを素直に話した。

「光浦社長によると、交渉は成功報酬で個人の場合は家賃が下がった額の三か月分、事務所や店舗の商業目的の場合は半年分をいただくそうなんです。ただ、その額が一万円を切ってしまう時には、最低でも一万円は取るらしいんです」

「あなたへの報酬は？」

「半分が事務所、半分はあたしにくれるらしいです。他に会社に出勤している時は東京都の最低賃金時間額を払うって」

「悪くないわね」

「お客さんに見積もりは出しますが、その難しさとか、下調べの有無で多少値段が変わってくるそうなんですけど」

「ふーん。つまり石井さんの場合だと」

「一か月五千円家賃が下がったんで、正規に料金をいただくなら一万五千円ですね」

「あら、お手頃じゃない。三か月以上住めば元が取れるわけでしょ」

「そうでしょうか。あたしがそういう仕事をしていなければ、ただでもできるわけだし。なんだか、そういうことをしていいのかどうか」

「ミチルさん、それは違う」

佳代子は指先を揺らして、ち、ち、ち、と舌を鳴らした。隣の渡辺氏がすかさず、ほんのわずかに眉をひそめた。

「お金って、時には人間関係のいい潤滑油になるのよ。この間、私がお願いして交渉してもらった方、あなたがいらないというからまだなにもお礼してないけど、向こうもぜひなにか気持ちを表したいと言ってるし、私たちもね、ミチルさんに謝礼をお渡ししないとね、って話してたのよ」

渡辺氏が、深くうなずく。

「いいんですって、そんなの」

「まあ、普通なら、一、二万円ぐらいは包んで渡すべきかしらね、それとお食事でもして……なんて相談してたの。石井さんだって、あれからあなたにお茶菓子くれたり、食事に呼んでくれたり、気を遣っているでしょ」

「ええ、まあ」

「それに、もしも、あなたの噂を聞いて、頼みたいなあ、って思っている人でも、ただじゃ申し訳ないし、なんて遠慮することだってあるはずよ。だったら、はっきりと料金が決まっていた方が気楽じゃない」

「そういうものですかね」

「それに、今なら間接的にでもミチルさんの知り合いじゃなくちゃ頼めないけど、事務所があってそこで宣伝もしてくれたら、もっとたくさんの人が利用できるでしょ。でも、それらは皆、ただじゃないのよ。商売ってそういうものなの。お金を稼ぐっていうことだけじゃなく、その仕事を滞りなく行って人に喜んでもらうことも大切なのよ」

「なるほど」

「私たちは、今は、こういう暮らしだけど、若い時は、お父さんが実家を継いで工務店をやってたから、大変な思いをしたの。四十になる前に畳んで、会社勤めになったんだけどね。だから、お金を介在させることの大切さもわかっているつもり」

「そうですか……」

「その仕事、私、いいと思う。あなたに合ってるし、将来性もありそうだし。私たちが商売をしていた時に、そういう交渉をしてくれる人がいて、会社の家賃を下げてもらえたら助かったと思うわ。ほら、日本人はそういうの、なかなか言い出せないし、長い付き合いの大家さんならなおさらだから」

「需要」

渡辺氏が重々しく言った。唇を動かさないので、ミチルには彼の方から音が降ってきたように感じた。

「そう、お父さんも言うように、これからの社会に大きな需要がある気がする」

「供給」と、渡辺氏。

「あなたはそれを供給できる。人々に力を与えられるのよ。だったら、やってみるべきじゃない」

「そうでしょうか……」
毎度夫婦の息の合った会話劇に、ミチルは妙に納得させられてしまった。東菱の熊倉さんのところに行く時には、一緒に行ってあげてもいいわよ、と佳代子は気安く請け合ってくれた。
光浦事務所での初日の朝は、雨が降っていた。
それは、阿佐ヶ谷駅前の、三階建てのビルの二階にあった。一階がコンビニで、その
わきの細い階段を上っていくと二つドアがあって、その一つに「光浦事務所」と書かれ
たプラスチック板がかかっていた。
ミチルはさしてきた傘のしずくを振り払い、さて、それをどこに置いたらいいか、と
迷った。するとふいにドアが中から開き、横田が顔をのぞかせた。
「あ、おはようございます」
「おはようございます。時間通りですね」
事務所は十時からなので、九時半には来てほしいと言われていた。
「どうぞ。中に傘立てがありますから」
私はこれを捨ててきますから、と横田はバケツを見せた。腕まくりをして、掃除の最
中だったようだ。

彼と入れ替わりに中に入ると、まず簡素な受付があり、奥に机が二つとその間に応接セットがあった。光浦は来ていない。

「どうぞどうぞ、こちらに」

戻ってきた横田が応接セットに座るよう勧めてくれる。

「いえ、あたしは」

「とりあえず、ここに座ってください。今、お茶いれるから」

「いいえ、とんでもない。お茶はあたしがいれます」

「そうですか。じゃあ、お言葉に甘えてお願いしましょうか。給湯室は、廊下に出て突き当たりにあります。うちの事務所の名前が書いてある棚がありますから、そこの道具を使ってください。マグカップと湯飲みがあります。山崎さんは客用茶碗を使ってください」

給湯室に行くと、「光浦事務所」と書かれた棚があった。茶筒を開けると、番茶だったがいい匂いがした。そう悪いお茶を使っているわけではないらしい。

このお茶は横田が用意しているのだろうか、光浦が買ってきているのだろうか。

いずれにしても、さまざまな場所で働いてきたミチルは、安いお茶を使っている企業はろくなものじゃないと思っているので、印象が上がった。「I♥ハワイ」と書かれたマグカップがあって、裏を返すと「光」と書いてあった。武骨な信楽焼《しがらきやき》の湯飲みもあって、底には「横」とあった。

お盆の上にお茶を載せて戻っても、まだ、光浦は来ていなかった。ミチルは一番中央にどんとある机の上に「I♥ハワイ」のマグカップを置いた。横田はミチルの姿を見ると掃除を終え、「ここで飲みましょうか」と応接セットを勧めた。

ミチルと横田は向かい合ってお茶をすすった。

「社長、まだ来ないんですか」

「早くても十時過ぎです。まあ、十一時過ぎないと来ないと思ってください」

「横田さんは、前からこのお仕事を？」

ミチルは一番聞きたいと思っていたことをつい口にしてしまった。

「私は、ずっと不動産関係の仕事をしていましてね」

「ああ」

やっぱり、と声に出さずにうなずいた。

「光浦社長のお父様の、矢内《やない》会長にはとてもお世話になったのですよ」

「え。この事務所には、会長もいるのですか」

「いえいえ」

横田は笑顔で手を振った。

「失礼しました。矢内会長は別の会社をされていました。この界隈《かいわい》の不動産をたくさんお持ちの方で、飲食店や貸しビルなど、手広くやってらっしゃいました。二年前に亡くなられて、今は光浦社長のお兄さんが経営してらっしゃいます」

「なるほど。え、でも、名字が違うんですか」

「ええ。事情がありましてね」

横田は湯飲みをしげしげと見つめてから口を開いた。

「私は、新宿にある不動産会社に勤めていたんです。会長の担当になって、ずいぶんかわいがっていただきました。ところが、十年ほど前に倒産しましてね」

「あら、それはそれは」

「子供は成人していたからよかったものの、夫婦二人の生活も年金をもらえるようになるまでまだ時期がありました。途方にくれていたところを会長に拾われまして、会長の会社の矢内興業でお世話になっていたんです。ただ、その頃は、光浦社長と矢内会長の折り合いが悪くて」

「ああ」

よくある話、と思わずため息をついてしまった。横田は苦笑した。

「ええ、よくある話ですが、光浦社長は若い頃にぐれたりしたこともあって」

「まあ、いかにも」

「親からしたら、そういう子供ほど、かわいいもので。会長は光浦社長が三十になる前ぐらいからずっと言ってたんだそうです。資金は出してやるからなにか商売を始めてみないか、と。これっていうものがあったら言ってみろ、と。そして、社長が考え付いた商売が、これです」

「不動産交渉業ですね」

「でも、話を聞かされた会長は激怒されてね」

「どうしてですか」

「まさに、実家の商売に敵対する、唾を吐くような仕事じゃないですか。矢内家はたくさんの土地や建物を持ってます。店舗や飲食店をやっていて、地元の不動産屋との取引も多い。息子がこんなことを始めたとなったら、総スカンですよ」

「なるほどねえ」

「でも、それからしばらくして、会長は私を呼び、この商売の話をされたんです。どう思うか、と。私はおもしろいと思う、と答えました。私がしていた不動産の仕事とは真逆のことだけど、今の時代には合ってるような気がしました。そしたら、会長も、わたしもそう思う、と言われました」

「へえ」

「反対なさっても、会長には時代性がわかっていたんだと思います。そういう先見の明はある方でしたし、ずっと商売をされていた方です。それで、会長はできたら息子を手伝ってやってくれないか、とおっしゃいました。それで、私と社長は矢内を出て、ここを始めました。その時に生前贈与ということで、資金とこのビルを譲られました。ただその代わり、矢内とは縁を切る、ということが条件になったのです。光浦というのは、会長の奥様、社長のお母様の実家の名字です。昔からかわいがってくださった、お母様の実家の名字をいただいたんです」

「なるほどねえ。じゃあ、お金はあるんですね」

ミチルは、このビルの家賃収入をざっと考えていた。この部屋もただなわけだし、経営は楽に違いない。

「それが、光浦社長は、それを返してしまったんです」

「え？」

「資金は受け取っているんですが、ビルの方はこの部屋をのぞいてすべて矢内家に返してしまっています。ありがたいことに家賃がかからないので、まあ、なんとかやっていますが、創業時はしばらく赤字が続きました」

じゃあ、不動産からの収入はないのか。当てが外れてしまった。大丈夫か、この会社。

「まあ、それでも、山崎さんに払うぐらいのお金はありますから、ご安心ください」

「はははは」

ミチルは力なく愛想笑いした。

「それでは、社長はまだ来ませんが、我々は業務を始めますか」

「はい」

「山崎さんにはまず、受付に座ってもらえますか」

「わかりました」

「机もないことですし」

「あ、大丈夫です。それに、前の仕事でもよく受付はやりましたから」

「まあ、うちの仕事では受付でさばかなきゃいけないほどの客は来ないけれど」

「ははは」

ミチルはさらに力なく笑いながら、受付に座った。

　横田が言った通り、社長の光浦は十一時を過ぎるとやってきた。ミチルの顔を見ると、オイッス、というような声を発して（よく聞き取れなかったので、さだかではない）顎を突き出したので、それが挨拶のつもりのようだった。ミチルは立ち上がってきちんとお辞儀をした。

「おはようございます。今日からお世話になります」

「ん」

　彼は社長の席に座ると、さまざまなところに電話したり、パソコンのキーボードを叩いたりしだした。彼の様子を見ていると、仕事は入ってきているように見える。

その日は、客が訪ねてきたのが三件、電話の問い合わせが四件あった。個人と小さな店舗の不動産交渉がほとんどだったが、駅前にあるＩＴ企業からの問い合わせも一件あった。時にはもっと大きな企業の相談もある、と横田が説明してくれた。

ミチルにとっては、やってきた客の話を聞いて応接セットに案内したりお茶を出したりすることは、昔からずっとやってきたのでむずかしい仕事ではなかった。むしろ自然に体が動く。

光浦もさすがに客に対してはミチルにしたような挨拶はせず、一通りは仕事上の口も利けるようで安心した。

光浦も横田も意外に慎重で大風呂敷を広げるような営業はしない。横田は不動産の仕事をずっとしていただけあって、家賃の相場には詳しいらしい。

一時過ぎに来た客は五十代ぐらいの主婦で、普段着のまま、買い物の途中で寄ったような格好だった。手に持ったエコバッグから野菜がはみ出ている。

永福町《えいふくちょう》と下高井戸《しもたかいど》の間に住んでいるのだが、家賃が高いのではないか、という相談だった。

光浦たちは、永福町駅から徒歩五分ぐらい、下高井戸駅からは徒歩十分、五十五平米、２ＬＤＫ、築十年、南向き……などという条件を聞き、詳細な間取りなども尋ねる。そこに夫と子供二人と住んでいるらしい。

「家賃は管理費も入れて、十四万五千円なの。お高くないかしら」

そんなにお高くないんじゃないかなあ、とミチルは心の中で首をかしげる。まあまあ、相場じゃないかしら。

「うーん、そうですね」

光浦が腕を組んでうなった。

横田は、電卓を出して何やらぱちぱち計算している。

「何階でしたっけ？」

「二階。二階建ての二階」

「ああ、低層マンションですね」

「そうなの。どう思う？　あたしは、ぼったくられたんじゃないかと思うんだけど、夫が気に入ってしまって、勝手に決めてしまったのよ。夫は高いところが嫌いで、高層マンションとか絶対いやだって言い張るの。あたしや子供は高いところでもよかったんですけどね。夫はなんだか怖い、なんて言って。田舎育ちで、高層マンションに住んだこともないから一軒家がいいなんて言いだすのよ。だったら、いっそのこと、買った方がいいじゃない？　でも、それは無理なのよ、夫の薄給では。あたしは、こんな家賃毎月払うなら、買った方がいいと思うの。でも、あの人は賃貸派だなんて偉そうに言って、ただ単に、稼ぎがないだけなのに。ここを借りる前、なんとかあの人でも買えそうな家を探して、一緒に見に行ったんだけど、なんて言うの？　今、よくある、家が三軒連なったような一軒一軒が狭い」

「ペンシルハウスですか」

電卓を叩いている横田に代わって、光浦が答える。

「そうそう、あれしかなくて。うちの予算じゃ、このあたりではとても無理なの。ああいう家でない限りは。それなのに、あの人ったら、こんなところ絶対に住みたくない、なんて言って。できたら、実家ぐらいの広さがほしいなあ、なんて言うのよ。ばかじゃない？　実家、信州の山奥ですよ。そんな家、東京で買えるわけないじゃない。マンションを買うのは絶対いやだとか言うし。それで、今住んでいるところに決めたんだけど、どうも相場よりも高いような気がして」

横田が小さく咳《せき》をして、女の話を遮《さえぎ》った。

「失礼。今のお話をかんがみて計算させていただきましたところ」

「あら、計算できたの？」

「はい。ええと、結論から申し上げますと、今お住まいの場所、都内でもなかなか人気の地区でありますし、駅からも近いですし、築年数もまだそういってないですし」

「でも、新築じゃあなかったのよ」

「はい。でも、まあ、まだ値段が下がるところまではいってません。間取りも人気のある間取りで、DKもリビングもゆったり造られていますし……どうでしょう。あまり値下げは期待できないかもしれないですね」

「あまりって、どのぐらい下がるの？」

「そうですねえ、まあ、千円とか二千円とか、まあ、頑張って三千円ぐらいかと」

「そうなの？　できたら、十四万円以内にならないかしら、って思ってたんだけど」

「うーん。十四万円以内はむずかしいかもしれません」

「そうなの」女は考え込んだ。

「いかがいたしますか？　これで、交渉させていただいて、千円しかお安くならなくても成功報酬としては一万円をいただくことになります。まあ、一年以上お住まいになる予定なら、元は取れますけど、この物件は、あまりご期待なさらないように」

　彼女は夫に相談する、と言って、帰ってしまった。

「今のお客様、家賃に不満があるんじゃなくて、旦那さんに不満があるんじゃないですかね」

　お茶を片づけながら、ミチルは思わずつぶやいた。

「ははは。まあそうですね。ああいうお客さんも多いんですよ。相談と見積もりはただですから」

「そうなんですか」

「でも、それを顔に出すんじゃねえぞ」

光浦の声はすごんでいたが、目は笑っていた。

「わかってますよ。そんなこと」

午後三時を過ぎると、横田が、「山崎さんなら事務所を任せられそうですから、交渉は私たち二人で行きましょうか」と光浦に言った。

「大丈夫かな」

「大丈夫ですよ。ずっとお客さんへの対応を見ていましたが、これならなんの問題もありません。山崎さん、私たち、不動産屋に交渉に行ってきますが、お一人で大丈夫ですよね？」

「あ、はい。電話とか、来客があったら、お話を聞いてメモしておけばいいんですよね」

「ああ、戻ったら、おれらが折り返しするから、余計なことしなくていいからな」

光浦が体を斜めにするようにして、威嚇《いかく》する。

「余計なことなんてしませんよ」

むっとしながらも、それならまさに、ミチルがずっとしていた仕事、営業補佐と同じことなので、自信はあると思った。

したから」

「助かりますよ。これまで営業時間中には、二人そろって出かけることはできませんで
「社長や横田さんへのアポイントは、どうしたらいいですか」

光浦と横田は顔を見合わせた。

「うーん。携帯に電話してくれたら、打ち合わせ中じゃなければ出るし、出られなければ向こうの予定だけ聞いておいて。あとで連絡するから」

「わかりました。では、いってらっしゃいませ」

二人はまた顔を見合わせた。

出て行く間際に、光浦がぼそっと「今夜空いてる?」とミチルに尋ねた。

「今夜?」

「あ、歓迎会、あんたの」

「空いてますけど……」

そんなことをしてくれるとは、予想していなかった。

「なら、三人で飲みに行こう」

ミチルが戸惑って横田の顔を見ると、笑顔でうなずいた。

光浦が二人を連れて行ったのは、阿佐ヶ谷と高円寺《こうえんじ》の間ぐらいにある、小さな居酒屋

だった。入り口に大きな赤い提灯《ちょうちん》が下がっている。ひどく混んでいて、店に入れない客が外に置いてあるドラム缶をテーブルにして、立ったまま食べていた。

ミチルたちが入っていくと、カウンターの中の年嵩《としかさ》の男がうなずいて顎で二階を指し示した。二階も学生のような若者たちでにぎわっていたが、隅のテーブルが空いていた。

「焼き鳥の盛り合わせとビール、それから、しめさば」

お通しに、キャベツと辛みそを持ってきた若い女に、光浦がメニューも見ずに注文した。

「山崎さんも、好きなものを頼みなさいよ」

横田がにこにこと付け足した。

「あ、では、なにか野菜……サラダいいですか」

「なんか、女って、こういう場所で必ずサラダ頼むよな」

そう言いながらも、メニューのサラダのページを開いてミチルに差し出した。チェーン店ではないのに、焼き鳥は二本で二百円、サラダは二百五十円からという安さだ。

「私は、エイヒレいただきます」

横田が遠慮がちに頼む。

「はい」と答えた若い女を、ミチルはふっとどこかで見たような気がする。

「光浦さん、こちらの方はもしかして新しい……？」

その女の子が、尋ねた。

「あ、そう。今日から来てもらうことになった人」

「そうですか。では、歓迎会ですねえ」

「そうそう」

店に似合わない丁寧な言葉遣い。横顔は整っていて、なかなか端整な顔立ちだった。声や調子に聞き覚えがあった。

どっかで見たことある女の子なんだけどなあ。

しかし、それを確かめる間もなく、彼女は下に降りて行った。

ビールで乾杯していると、焼き物やサラダがつぎつぎと運ばれてきた。

「ここ、安いけど、たいていのものはおいしいから」

光浦が、取り皿を差し出しながらぼそっと言う。

意外に親切なんだよな。

今日一日、仕事をしてみてわかったのだが、昔はぐれていたという光浦も、今は色白の優男《やさおとこ》だ。そのためか、客の話をうなずきながら聞いていると、親身でいい人そうに見えるらしく、客は何でも話してしまう。意外に接客に向いている。

「山崎さんは、これまでどんな仕事をしていたんですか」

横田が、身の上話の口火を切った。

「女子大を卒業して就職したのが大鳥《おおとり》建設で」

「大手だな。エリートなんだ」

「いいえ。誰でも就職できたんですよ。超超超売り手市場でしたから」

「まあ、そういう時代があったって聞くけどな。実際どうだったの？」

光浦は一杯のビールで目元を赤く染めて尋ねた。

この人が社長だなんて。見た目は、気弱な新入社員にしか見えないんだけど。

「やっぱり、すごかったですよ。内定なんて苦労しなくてもらえたし」

「苦労なくって言っても、限度があるだろう」

「むしろ新人を確保するのがむずかしかったですからね。人事課はノルマがあるほどでした」

横田もうなずく。

「一番ひどかったのは、ある都銀です」

「銀行さん？　むずかしそうじゃない」

「ええ。今はね。でも、めちゃくちゃだったんです。あたし、ぜんぜん金融に関心がなかったんですけど、友達が行きたいって言うから、就職説明会について行ったんですよ」

「ついて行くっていうのがなんかふざけてるな。便所じゃねえんだから」

「まあ、そうなんですけど。プリントを配られて、そこに住所とか名前とか大学とかをざっと書かされたんです。それで、話を聞いてたんですけど、とにかく興味がなかったんで、途中で眠くなってきちゃって」

「就職説明会で？」

「説明会で寝ている人なんて、いっぱいいたんですよ。でも、あたしはそれは失礼な気がして、途中で帰ったんです」

「途中で部屋を出たってこと？」

「はい」

「それ、同じぐらい失礼だろ」

「でも、そういう人もいっぱいいたんです」

「まじか」

「友達もいいや、って出て……二人で帰ったんですけど、後日、二人とも内定が出たんです」

「え」

光浦と横田は二人同時に驚いた。

「内定？　でも、面接とかは……」

「一度、向こうから連絡があったんですね。面接を受けてほしいって……あたし、興味ありませんって断ったんだけど、電話口の人事課の人が泣きそうになっているんです。お願いだから、一度、会社に来てくれないか、ランチをご馳走するからって。で、友達と一緒に行って、近所のホテルでランチを食べて面接受けて……そしたら、家に連絡が来たんです。合格ですって」

「うーん」

横田は腕を組んでうなった。

「我が家の子供たちに聞かせたら、なんと言うかな。二人ともさんざん就職では苦労したクチだから」

「そのあとも大変でした。内定を断るのに。最後はあんまりうるさいから、ずっと居留守を使ってやっと諦めてもらいました」

「すごいなあ」

「でも、その銀行はそのあと、どこかと合併して、今は名前も残ってませんよ」

「当然の報いでしょう」

「報いとまで言ったら、気の毒ですが」

「なるほどそういうことか」

「そういうことなんですよ」

横田もうなずく。「接待のために上司について銀座なんかに飲みに行ったり、パーティについて行ったりする時は、一万円を入れたぽち袋を、たくさん用意していったものです」

「それ、どうするの」

「女の子たちに配るんです。うちの会合と、上司をお願いしますってことでね。でも女の子たちも慣れていて、一万円のチップなんかじゃ喜ばないんですよ。大変でした」

「ですねえ。銀座ではね」

「そうなのか？」

「今より物が高かったですし」

「ですね」

「だから、一万円の使い出が、今ほどないんです。あっという間になくなっちゃう」

「げげげ。デフレの方がいいのかな」

「そうとも言えません。新入社員は給料も高いけど、家賃も食べ物も、化粧品も洋服も高いから、大変な時代でしたよ」

「でも、山崎さんのような女子なら役得があったでしょう」

横田は、優しげに微笑む。

「まあ、ただのものをもらえましたよね。タクシーチケットとか、ただで入れるディスコとかね。オジサンがおごってくれるのも多かったし」

先日、浅木や飯塚と話したことを思い出しながらうなずいた。

「でも、あたしは、貧しい時代だったような気がします」

ミチルは思い切って言った。

「ああ、拝金主義で、心の廃退が起きてたとか、そういうこと？」

光浦がせせら笑うように言った。

「おれ、そういうわかったような口を利くの、一番嫌い」

「違いますよ」

ミチルはきっぱりと否定した。

「あの頃って、まだまだ、戦後の気配が東京のそこかしこに漂っていたような気がしますね。携帯やコンピューターもなかったし、貧しい人は貧しかった。ちょっと田舎に行ったら東京でも水洗じゃないトイレなんかもありましたよ。あたしが子供の頃は、家に電話を引いていない子もクラスにいたんです。そういうところから発展してきた末の景気ですから、若い人がイメージしている豊かさとは違うような気がします。今の時代のまま、豊かなわけじゃないんですよ」

「なるほどね」

「たぶん、今の人が、あの時代にタイムスリップしたら、耐えられないと思います」

「そんな映画もありましたね」

「携帯電話がなかったから、コンパでは名刺を交換して、次の日、会社に電話するんです。同僚とか先輩とか上司とかが電話に出ちゃったりして」

「ははは」

「なかなか面倒な時代でした」

「失礼します」

その時、光浦のわきからスッと手が伸びて、さっきの店の女の子が空いた皿を片づけた。

「あの」

伏し目がちに話しかけてきた。

「なんだ？」

光浦が荒っぽい言葉遣いで聞き返す。

常連だから言葉遣いが馴《な》れ馴《な》れしい感じなんだろうか。

「今、皆さんがお話ししてたの、景気が良かった頃の時代のことですか」

「ああ、そう。こっちの二人がね」

光浦がエイヒレをかじりながら、ミチルと横田を顎で指した。

「八〇年代の生き残りだからさ、話を聞いてたわけよ」

「私も興味あるんですよねー」

その時、彼女の横顔を見ていて、ミチルはやっと気がついた。

「あー」

ミチルの声に驚いて、三人がこちらを向く。

「あなた、ファストフード店の店員さんね！　いつも朝の時間に入ってたでしょう」

「はい。今は、ファストフード店は朝と昼だけなんです。夜はこちらでお世話になっています」

彼女がにこっと笑った。

「でも、あそこはもうすぐやめるんですけどね」

「あらそう」

「彼女は田丸優奈《たまるゆうな》ちゃん、うちにも前に手伝いに来てくれてた方なんですよ」

横田が説明してくれた。

「ああ、そうなんですか。それで」

「今度、私にも聞かせてくださいね」

そう言って、下に降りて行った。

「いい子ですね」ミチルは思わず言う。

「ええ、とても気が利いてね」

「でも、仕事が続かないんでしょうか。ずいぶん、多くの種類のアルバイトをしているんですね」

　ミチルは眉をひそめてしまっていた。

「いいや、あの子にはあの子の考えがあるらしい。今度、機会があったら聞いてみるといいよ。なかなかおもしろい子だから」

　横田がビールを飲みきって、日本酒を注文し、エイヒレをむしりながら言った。

「お二人は、地上げって知ってますか？　名前ぐらいは聞いたことがあるでしょう？」

　ミチルと光浦はうなずいた。

「嫌な仕事でした。私は、後ろ暗いような輩とかかわったことはありませんが、立ち退いてもらうために、賃借人と交渉するようなことをしたことがあるんです。お願いだから立ち退いてくれって、頭を下げて、お金を払って」

「ええ。そういうこと、よくニュースになっていましたよね」

「それが今では、家賃の値下げ交渉をしている。値段を下げても、賃借人を手放したくない時代です。戦後、一度買った土地や建物が値段を下げたことは一度もないんですよ、と言って、たくさんの人に家やマンションを買ってもらいました。不動産というのは、なによりも手堅い投資だったのです」

　ミチルは、下を向いてしまった横田に声をかけられなかった。

「今みたいな時代が来るとは思ってもみませんでした」

「まあ、しょうがないな」

光浦が、横田の肩に手をかけて言った。

「時代は変わる。土地も金も、価値が変わる。その時々で、なんとか生きていくしかないわけだ」

「そうですね」

ミチルも思わず、素直にうなずいていた。


それからミチルは、週に三、四日、光浦事務所に通うことになった。

これまで、ただ、適当に交渉していたことも、光浦と横田に教えてもらって、法律の裏付けがあることを知った。

「本当は、契約書に書かれた家賃を契約期間まで払う義務が、賃借人にはあるんですよ」

と横田は教えてくれた。

「でも、近隣同種の物件の借賃と、金額の乖離《かいり》がある場合には契約期間中でも家賃の減額請求ができるんです」

「へー、そうなんですか」

「あんた、今までそんなことも知らずに交渉してたのかよ」

「いいじゃないですか。それでも、家賃が下がったんだから」

「まあまあ」

横田が割って入る。

「それが、借地借家法第三十二条です」

「第三十二条」

ミチルはメモを取った。

「ええ。覚えておいてください。数字に意味はないけど、お客様と話したり、交渉したりする時出せば、効果的に響く時もありますから」

ミチルの一日は、まず、朝九時には出社して、横田と一緒に事務所の掃除をすることから始まる。それから、光浦が来るまでの時間は、お茶をいれたり、横田とおしゃべりをしたりして過ごす。事務所は、新聞を全国紙と経済紙の二紙取っているから、それを読んでいることもある。光浦が来るぐらいの時間まで問い合わせの電話は時折あるものの、客は来ないから、わりとのんびりできるのだ。

ある日、そんなふうにして、ミチルが横田と新聞を取り換えながら読んでいると、一枚の写真と見出しの名前にぎょっとした。

「うげっ」

思わず声も出してしまった。

「どうしたんです。山崎さん、変な声出して」

横田が不思議そうな顔をして問うた。

「これ、見てください。この人、あたしが知っている人なんですよ」

注目の衆議院議員の新人候補として、中部地方の町から立候補する候補者の一人として、宗方の名前と顔写真が載っている。

半人前で、皆にばかにされていた宗方幸次《こうじ》が衆議院議員候補だと！

「なになに」

老眼鏡をかけた横田が、新聞を手に取って、読んだ。

「宗方幸次……経済学部卒……」

「経済の何を知ってんだ、あのバカが！」

「建設関係の業界新聞社に記者として就職……」

「親のコネでやっと入った会社ですよ！」

「地元を立て直したいという信念のもと帰郷し、親の会社に入り、地元の青年団を率いて……」

「あたしにプロポーズして断られて、しょうがなく帰ったんです！」

「性格は男らしく、弁舌さわやか……」

「男らしい人が広報を通じてくどいてきます⁉」

「民間企業や、建設業界に精通し……」

「間違えた記事ばっか書いて、何度も始末書書かされてたくせに」

「地方分権の重要性を訴えたい……」

「地方分権？　は？　笑わせないでよ。その言葉、どこで拾ってきたのよ。意味もわかんないくせに」

「しかし……」

横田は眼鏡を外しながら、言った。

「この方は、次の選挙では勝てる公算が大きいですね」

「え、そうなんですか」

「これ、見てください」

横田が指さした先には、同じ選挙区で戦う候補の略歴が並んでいた。

「もともと保守系与党が弱い土地柄なのに、候補者を一本化できなくて分裂しています。しかも宗方さんは、今、人気の新党の候補者だ。漁夫の利を得られる。万が一、選挙区で負けたとしても、比例区で復活当選できるでしょう」

「そんなバカな。数字に弱い、掛け算九九も怪しい、勘違い男ですよ」

ミチルは、昔の宗方のことを話した。いつも知ったかぶりをして、皆に嫌われていたこと、記者の権限を振りかざして誘ってきたこと、何度も始末書を書かされていたこと。

「だが、そういう口先だけの人間が、あんがい代議士には向いていたりするものです」

横田も諦めたような口調で、肩をすくめた。

「大丈夫。こいつが当選したりしたら、この国は終わりです」

「あいつが当選したりしたら、こいつが総理になったら、日本はおしまいだって言われていた人が今までにもたくさん総理になっていますが、まだ世界の終わりは訪れていません」

「……そうですけど。あの男が代議士なんて……世も末だわ」

首を振るミチルを、横田はおもしろそうに見ている。

ドアがガチャッと開いて、まだ、夏でもないのに、汗をいっぱいかいた光浦が足早に入ってきた。

「どうでしたか、向井町の件」

「ん」

短く答えたきり、何も言わない。社長席に座って黙ってパソコンを開いた。

横田が慌てて新聞紙を畳む。ミチルはそれを受け取りブックスタンドに入れた。

今朝、光浦は出勤前に、小口客の交渉に行っていたはずだった。客は二十代の、結婚したばかりの夫婦。妻が妊娠し、これから出費も増えるので、ついては家賃を一万円ほど下げてもらえないか、という依頼だった。周囲の条件からしても無理な金額ではなく、光浦が直接大家に交渉に出向いて、簡単に終わらせる仕事のはずだったのだが……。

「どうしたんですか。社長」

横田が優しい声を出して、再び尋ねた。

「うん」

光浦は、パソコンの画面に目をやったまま、答える。これは、彼が気まずかったり、困ったことが起きたりした時の癖だと、ミチルにもわかってきていた。

「あんまり、うまくいかなかった」

「あんまり？」

「おれの言い方が……悪かったのかもしれない。昔気質《かたぎ》の大家で、話していたら急にへそ曲げちゃって」

光浦の話によると、向こうは交渉業者に頼んできた、というのが心外だったらしく、けんか腰だったという。

「若いのに、こそこそ業者に頼む料簡《りょうけん》が気に入らない、とか言ってきて、おれもできるだけなだめるような話し方をしたつもりなんだけど」

「社長は見た目が柔らかいし、普通の人なら気を許すはずなんですけどねえ」

「だよなあ。なのに、あの親父、どんどんむきになっちゃって。本人たちからは言い出しにくかったんじゃないですか、って言ったら、そんな態度で店子《たなこ》に接したことはない。なんでも言ってもらえるような環境を作ってる、とか言うんだよ」

「いつもそんなんだから、業者に頼んできたんでしょうに」

「そうだよなあ」

光浦がすねた声を出す。

親に言いつける子供みたい。呆れながら、ミチルは二人の話を聞いていた。

「だいたい、彼らは元から問題があった、とか言い出して」

「なにかあったんですか」

「猫を飼ってたんだってさ。奥さんが子猫を拾ってきて、それがまわりの部屋に知れて、大家に連絡が入ったらしい。部屋を出るの出ないのって大騒ぎになって。穏便に済ませたが、出て行ってもらえばよかった、とか言うんだよ。猫の話なんて聞いてたか？」

「いいえ、聞いてません」

「だよなあ。部屋が猫のオシッコ臭くなって、それもクレームが来たんだってよ。そんな状態で、むしろ家賃を上げたいぐらいなのに、下げろとは何事だって」

「まあ、今回はむずかしかった、ということで、お客様の方にはお話ししましょう。成功報酬ですから、無料ということで。猫のこともあるし、文句は言われないでしょう」

「いや、それはそうなんだが、このままだと、客と大家の関係もさらに悪化するかもなあ。客のせいとはいえ、悪いことしたなあ」

光浦がパソコンの前で頭を抱えている。

なんだ、ちゃんと常識的なところもあるんじゃないか。

ミチルはほっとしていた。事情があるとはいえ、社長の光浦があんまりにも一方的に非を認めない人間だとは、思いたくなかった。

「そうですねえ」

「家賃の値下げはできなくても、大家との関係だけは、少なくとも今回の問題だけでも、なんとかならないかねえ」

強い視線を感じて、受付で下を向いていたミチルはふと目を上げた。光浦と横田が、じっとこちらを見ている。

「なんですか」

「ここは、一つ、山崎さんに挨拶に行ってもらう、というのは……」

「え」

「菓子折りの一つも持って、女が行った方がいいということもあるよな」

「無理ですよ。そんな怒っている人に、家賃交渉だなんて」

「だから、値下げはいい。ただ、大家との関係だけは悪化させないように、なんとかなだめてもらえないか」

めずらしく、光浦がミチルに頼る口調だった。

「そんな、業者が何度も行っても悪化させるだけじゃないですか。そのご夫婦が直接行って謝らないと」

「それができたら、あんたには頼まないよ」

「だいたい、話なんて聞いてくれませんよ」

「そうかもしれませんねえ。その時はとりあえず、菓子折りだけでも受け取ってもらえれば」

「菓子折りは必要経費で出す」

当たり前だろ、と思いながら、ミチルは提案した。

「お客様は無理でも、その家族が謝りに来たってことなら、話を聞いてくれるかもしれません。店子の家族なら、会わないわけにいかないでしょ」

「しかし、それはまた大変ですよ。ご夫婦の家族に頼んで」

「あたしが行くんです。お客様どちらかの姉ってことで、謝りにだけ行くんです。まあ、入居した時に、挨拶に行っているって可能性もあると思うんで、そこは確認しておかないと」

「それはいいですが……」

ミチルは、二人が妙な顔でこちらを見ているのに気がついた。

「なんですか？」

「ミチルさんならお姉さんというより、むしろ、お母さん、でしょうね」

「え」

「すみません。でも、あのご夫婦は二十代の初めなので……若いお母さん、ということで」

「うん、そうだな、母親ってことならちょうどいい」

母親……ミチルは、事務所に来た時の夫婦の姿を思い浮かべた。幼い、おままごとをしているみたいなカップルだった。

「すると、今度生まれてくる子供は、孫ってことですね」

「……いや、まあ」

「ミチルさんは見た目がお若いから、ぎりぎりお姉さんでもいけるかもしれません。歳の離れた従姉《いとこ》でも」

「いや、母親でいこう。それが一番いい」

人生の定点観測を突きつけられたような気になった。

二十代の頃、もしかして妊娠したかもしれない、とおびえることは、女なら一度や二度はあるだろう。

ミチルは実際に妊娠したことはない。けれど、大学生だった頃、その恐れを感じた時には、どうしたらいいのかわからなくて死にたいとさえ思ったものだ。

ミチルが十代、二十代の頃は、まだ前時代的な価値観が残っており、両親は第一次ベビーブーマーの戦後生まれだから、できちゃった婚なんて絶対許してくれなかった。何よりこれから楽しいことがたくさんあると確信できるわくわくした未来に、子供を作るなんてダサくてできなかった。

でも、妊娠していて、子供を産んでいたらどうなっていたか。

今思えば、なんとかなったような気がする。

大学は休学か退学することになっただろうし、親にはめちゃくちゃ怒られただろうが、実家に帰って親と一緒に育てて、ある程度大きくなったら東京に出てきたりして、案外、楽しく暮らしたかもしれない。今頃、未婚の母で二十代の娘か息子がいる、という人生も悪くない。

ミチルはその空想の中に、男が一滴も混じっていないことに気づく。付き合っていたのは、たぶん、水門の次の、やっぱりコンパで知り合った他大学の年上の男だ。彼はその後、商社に就職したはずだが、どうしても彼と学生結婚する、という方向に想像は至らない。見えてくるのは、かわいい若い女の子か男の子と楽しく買い物をしたり、飲みに行ったりする姿ばかりだ。子供なんてそんな気楽なものでないことはわかっているのだが、どうしても夫と一緒に必死に育てていく、という絵が見えない。

やっぱり、自分には子供とか家族とかは無理なんだろうな。

そんなことを考えながら、持ち重りのする和菓子の包みを提げて、大家の家までの道のりを歩く。

横田が確認したところによると、客の夫婦の両親たちは大家に挨拶したことは一度もないらしい。代役をするのには具合がいいが、それはそれでいかがなものか。

まあ、成人しているわけだしな。

とにかく、ひたすら謝って、関係修復だけを図ればいいことになっていた。

大家は、アパートから歩いて四十分以上かかる隣町に住んでいた。古いごく普通の日本家屋である。庭の手入れがあまりできておらず、玄関先の柿の木も常緑樹も伸び放題になっていた。

呼び鈴を押すと、「はい」と短く老人の声がする。それだけでは、機嫌の良し悪しは判断が付きかねた。

「向井町の、みさきアパートに住んでおります、加藤正晴《かとうまさはる》の母親でございます。このたびはご迷惑をおかけしまして、お詫びを兼ねてご挨拶に参りました」

寸刻の間があって、「どうぞ」という声がした。

玄関の引き戸に手をかけると、がらりと開いた。玄関口に、大家の佐々木《ささき》が立っていた。白いシャツにウールのズボン、という服装で、六十代後半ぐらいに見えた。無表情だったが、怒っているほどではない。

「失礼します。このたびは、息子夫婦がお世話をかけまして」

深々と頭を下げると、また、「どうぞ」と言って、奥に入っていく。

ミチルはためらった。玄関先で挨拶するだけと思っていた。場合によってはけんもほろろに断られるかとも。けれど、これは部屋に入っていい、ということだろうと判断して、意を決して靴を脱ぎ、彼のあとについて行った。

客間らしい和室に通される。庭に面した部屋で、一枚板の大きな座卓があった。座布団には座らず、その前に正座し、また頭を下げた。

「このたびは……」

「いいや、いいです」

佐々木は、無表情のまま、手で制した。

「これは、つまらないものですが」

和菓子を差し出すと、その包みをじっと見ていた。

「どうぞ、座布団をお使いください」

「失礼します」

佐々木と向かい合うと気まずい空気が流れた。それを打ち破るつもりで話し始めた。

「息子夫婦から聞きました。入居した時も、それから……そのお、猫の時もご挨拶にも参りませんで、失礼しました。若い二人のことですので、あたしもはらはらするような気持ちでいたのですが、案の定、このようなこととなりまして」

「いや」

佐々木は咳払いする。

「わたしも厳しかったかもしれませんが、これまでできるだけのことはしてきたつもりです。それなのに、家賃のことも業者に頼んで……直接言ってくれればよかったのに、そんなに話しにくい大家なのかと」

「いいえ、いいえ。うちのが足りないんでございます。大学を卒業したと思いましたら、すぐに結婚すると申しまして、まるでままごとのような生活をしておりまして、あたしも、いったいどうなることかと思っていたんですが、今度は子供ができたそうで、息子の安月給でやっていけるのかと……本来なら喜ぶべきことなんでしょうが、この不況の中ではそうとも言い切れませんので」

夫婦の簡単なプロフィールだけは頭に入っていた。けれど、それ以上のことは、ミチルの口から自然に出てきたことだった。妹夫婦たちのことが自然と頭に浮かんでいた。

「そんなわけで、いたらない二人でございますが、どうか、見守っていただけますとありがたく……」

顔を上げると、佐々木は耳の後ろのあたりをかきながら、庭を見ていた。ミチルもそちらに目をやる。玄関から見えたように、掃除は行き届いているが、伸び放題の庭木が見えた。

「いいお庭ですね」

「手入れもしてませんで」

「いいえ、自然な感じで気持ちが落ち着くお庭ですね」

するとと、佐々木は、顔をミチルに向けた。

「アパートや土地は両親から受け継いだものでして」

「ええ」

「ずっと、妻が管理してくれていたんです。わたしは仕事があったものですから」

「そうですか、奥様が」

「それが二年前に他界しましして」

「それはそれは」

「わたしも定年退職しておりましたので、アパートの大家なんてすぐにできると思っていたんですが、見るとやるとじゃ大違いで……それまで何事もなくすんでいたことが、なんだか問題がつぎつぎと」

「アパート経営は、なにかと大変でしょう。ご心労もおありなんじゃないですか」

ミチルは適当に話を合わせた。

「妻が死んでから最初に起きたのが、お宅の息子さんたちが起こした猫事件です」

「あ、それは言葉もありません」

ミチルはまた、頭を下げた。

「いや、穏便にすませたつもりだったんです。そう強く怒ったつもりもないし。なのに、業者を頼んで家賃を下げろと」

「失礼いたしました。申し訳ありません」

今日はいったい、何回頭を下げることになるのだろう、とミチルは思った。

「すみません。子供も生まれますし、息子の浅知恵で家計の足しになれば、と考えたんだと思います。あの子は子供の頃から、そういうことには変に頭が回る子で……でも、ちゃんと責任を取らないものだから、いつもこんなふうに問題を起こしまして」

「お母さんも大変ですなあ。まだお若いのに」

若い、という言葉で、思わず笑みがこぼれそうになったが、引っ込めて、また、頭を下げる。

「いえいえ、あたしの不徳の致すところでして。申し訳ありません。家賃の値下げなんて言わせませんので、なんとか、今後もアパートに住まわせていただきたく、お願いします。これから大家さんにご指導いただきまして……」

「いや、そういうことでしたら、ご協力しましょうか」

「え」

「いえ、わたしも、若い人が結婚して子供を作ることに反対しているわけではないんです。今日《こんにち》では、なかなか結婚しない人が増えてますから……お宅の息子さんのように、子供を作ってくれる人がいないと、日本はどんどん子供が少なくなってしまう」

「恐れ入ります」

自らも、子供のいない、そして、今後も子供を持つ可能性のないミチルは複雑な思いで、また頭を下げた。

「業者さんが言ってたように一万円下げますか。まあ、周囲のアパートやマンションが値段を下げているのも確かですし」

「ありがとうございます」

ミチルは、改めて座布団を降りて、深々と頭を下げた。


ああ、こんな感じだった。

ミチルは、帰り道、胸がホカホカしているような気がした。

仕事がうまくいったあとって、こんな感じだった。

二十代の頃勤めた、大鳥建設では、チームの一員として頑張った、という実感があって、大きな取引が成功した時は、いつもとても嬉しかった。

結婚したりして、派遣の仕事や秘書的な業務が多くて、ずっとこの気持ちを忘れていた。頑張って成果を上げたという実感、仲間がいる喜び。

佐々木の家を出て、光浦に報告の電話を入れると、「間違いないだろうな」と半信半疑だったが、ミチルがきちんと一筆もらった、と言うと「やったな。あんた、やるじゃないか」と喜んでくれた。

スキップしたいような気持ちで、駅までの道のりを歩く。

その時、ずっとマナーモードにしていたスマホが、低いうなりを上げているのに、気がついた。

取り出してみる。

鈴木からのメールが来ていた。

5

久しぶり。

ごくごく普通の言葉が、そのメールの件名だった。

もしも、次に鈴木徹から連絡が来たらどうするか。

それはずっとミチルが考えてきたことだった。電話だったら、とりあえず無視する。

いや、電話には出て、冷たい声ですぐ切る。いや、電話がかかってきた時のために、迷惑電話拒否の設定にしておく、など。メールの時はどうするか。とりあえず、返事は出さない。いや、返事は出すが冷たく「連絡してこないでくださいって言いましたよね？いいかげんにしてください」と書く。いや、迷惑メール設定にしておく。

眠れぬ夜に、何度も何度も考えた。時には泣きながら、時には思い余って連絡しそうになってしまうのを必死に抑えながら。

しかし、現実にこうしてメールが来てみると、体はそのどれでもない行動をとった。

全身が固まったように動かない。

ふっと後ろに人の気配を感じて、ぎょっと振り返る。思わず声を上げそうになるのを必死でこらえた。相手は仕事帰りらしいスーツ姿のサラリーマンだった。向こうの方が驚いた顔をしている。ただ、通勤路を歩いているだけなのに、ミチルに暗闇からにらまれたらかなわないだろう。

彼の顔に浮かんでいた恐怖の表情を見て、自分も同じような顔になっているのだと気がつき、やっと肩の力が抜けた。そのまま歩き出したら、彼のあとをつけるようになってしまうので、しばらく待って、ゆっくりと歩き出す。スマホを片手に持ったまま。

いまさら、いったい何を送ってきたのかしら。

それは、メールを開いてみればすぐわかることなのに、それができない。

家に戻ってから、ゆっくり読もう。

スマホをバッグの中に入れる。

ところが、マンションのエントランスに着いた時、キーを出すついでにスマホを出し、なぜか手が勝手にメールを開いていた。

——久しぶり。お元気ですか。こちらは、あんまり元気じゃありません。連絡ください。

マンションのエントランスの内部、ポストの前の廊下の壁に、背中を付けてよっかかる。わざとそういうだらしない行動をとって、どこか気持ちを落ち着けようとしていた。

——どうして、元気じゃないの。

ああ、やめろやめろと頭が言っているのに、指が自然に打っていた。

次に鈴木から何かメールが来たら、そこにはミチルを絶賛する美辞麗句《びじれいく》、または「君とやり直したい」といったはっきりとした意思表示、さらに言えば、妻とは別れた、ぐらいの状況変化。それほどの何かがなければ、絶対に返事はしないと決めていた。それなのに、こんなに簡単な文句だけで、あたしは何事もなかったかのように、返事を返している。

どうせ、返事はしばらく来ない。きっと、明日の朝まで来ないだろうと予想していた。鈴木はメールの返信が遅い人だったから。しかし、エレベーターを待っている間にそれは来た。

——ミチルちゃんに会いたいから。会えないから。

どーんと空気の塊で胸を打たれたみたいな衝撃が来た。返事ができなくて、そのまま部屋の中に入る。

手と顔を洗って、うがいをして、冷蔵庫から作り置きの麦茶を出して飲んだ。ベッドルームで服を一枚一枚脱いで、パジャマ兼部屋着のジャージに着替える。その間も、ずっと意識の半分で鈴木からのメールについて考えていた。

どう返したらいいのか。どう返したら効果的なのか。いや、何を考えているのか。効果的だなんて。だいたい、返事をしたらいけないのに。

ベッドに寝転んで、スマホを取り出す。彼からのメールをじっくりと見る。

このまま返事をしなければ、あたしは勝てるんだ。

ひゅっと頭に、そんな考えが思い浮かんだ。

あたしは勝てる。やっと勝てる。このまま返事をしなければ、あたしは彼を振った人になれるんだ。

それなのに、ミチルの指は、また、いくつかの単語を打ち、それを消したり、メールごと削除したりをくり返している。スマホの電源を切って、寝てしまえばおしまいなのに。でも、それじゃあ、かわいそう。このメールを打つのに、ずいぶん勇気がいったことだろう。

酔っているのかしら。こんな時間に、他の女とメールして大丈夫なのかしら。残業なのかな。奥さん、家にいないのかしら。

奥さん、という単語を胸に抱いただけで、きゅっと痛くなった。その勢いで打ってしまった。

――酔ってるの？

返事はまたすぐ返ってきた。

――ああ、よかった。返事来て。来ないかと思ってた。酔ってないよ。まるっきり素面。どうして、こんなに早く返事が書けるのか。まわりに人はいないのか。そして、ほっとした様子の彼に、ミチルもほっとする。

――そんなメールして大丈夫なの。

――大丈夫だよ。今度、会いたいね。

――それは無理。

――考えといて。すごくおいしいイタリアン、見つけた。ウニの前菜が最高なんだ。ミチルちゃんにも食べさせたい。

――だから、無理だって。

――仕事、どうしたの。この間、会社に電話したらいなかった。

鈴木は、ミチルが返事を返してくるのに安心したのか、否定的な言葉を並べても躊《ちゅう》躇《ちょ》なく言葉を重ねる。それが忌々《いまいま》しくも、昔のように気安かった。

――やめたの。

――へえ、そうなんだ、今度はどんな仕事？

――あなたに関係ないでしょ。

――心配したんだよ。どうしているのかなって。

――だから、関係ない。

――じゃあ、ただ一人で心配させて。一人でひっそり心配するだけだから。それだけは許して。

　メールを読む手が震える。

　演歌の歌詞かよ。そう心の中で毒づくのが、一呼吸、遅れた。

　ひっそり心配してくれる人が、日本のどこかにいる。

　あれ、これも歌の歌詞かな。

――寝ちゃった？

――起きてる。

　そのまま、メールのやりとりは、明け方まで続いた。

　翌日は光浦事務所に行く日ではなかったので、ミチルは二時間寝ただけで、六時には
チラシ配りに家を飛び出した。

きてしまう。


時間の制約はない仕事だから、そんな朝早く起きる必要はなかった。けれど、メールを終えたあと、頭の中が熱くなってしまったように眠れなくて、うとうとしてもすぐ起きてしまう。

静謐《せいひつ》な朝の空気に身をさらしたかった。吐く息が白いほどに冷たい空気がよかったのだが、そんな季節ではない。それでも、体がしゃんとしてきた。

昨晩、というか、数時間前までメールし続けた鈴木は出張先だったらしい。

やっぱりね。

自宅から離れて、妻のいない解放的なところだからこそ、ああしてメールしてきたのだろう。

けれど、一晩中、面倒くさいミチルのメールに付き合ってくれたのは、彼なりの誠意かもしれない、などと考えてしまう。彼は、電話で話そうか、と言ってくれたが、ミチルが「それはいや」と答えたら、それ以上無理強いはしなかった。

それこそ、優しさではないか。

いや違う。それは彼を買いかぶり過ぎている。

ミチルは、チラシを丁寧に一枚一枚ポストに入れていく。

すぱっ、ぱさっ、しゅぱっ。

かすかな音をさせて、それらはポストに吸い込まれる。一定のリズムを感じていたら、さらに気持ちが落ち着いてきた。

彼を、じゃない、あたしを、だ。

あたしは、あたしを買いかぶり過ぎている。

彼は一時《いっとき》の刺激やスリルが欲しいだけだ。まだ魅力があるのか、結婚しても恋愛ができるのか。そんなことを確かめたいだけだ。

そこまでわかっていて、なぜ、あたしは彼の言いなりにメールをしていたのか。

あたしが求めているのはなんなのか。

また彼と付き合いたいのか。彼と結婚したいのか。

付き合っていた頃は彼のことが好きだったけれど、絶対に結婚したい、というほどでもなかった気がする。それなのに、なぜ、こんなに今は、彼に固執《こしゅう》してしまうのか。

だいたい、どうして、彼はあの女を選んで、あたしを振ったのか。

そうだ。

ぴこん、と頭の中に電気が点《つ》いたような気がした。

なぜ、だめだったのか知りたいって、ずっと思っていた。

ミチルは、早朝の道路上で、しばし立ちすくんだ。

知りたい。それだけだ。別にあの男をまだ好きだというわけじゃない。今後のためにも、それを確認しておくべきじゃないだろうか。メールをしたり、会ったり、電話したりしたとしても、それはそのためであって、別によりを戻そうなんて思っちゃいない。ちゃんと理由があるのだ。

ミチルは深く息を吸った。冷たい、けれど、さっきよりも温まった空気が肺に流れ込んでくる。

それだけなら、いいんじゃないか。

「ここのところ、ずーっとぼんやりしてるな」

光浦の声は、にやにやした表情とセットになっているに決まってる、と顔を上げてみたら、それが思いのほか、心配そうだったからびっくりしてしまった。

「そんなことないですよ」

鈴木のメールが来てから一週間が経っていた。

今朝はインターネットの住宅情報サイトで、依頼人の住宅近くの同じような物件を探し、安いところがあったらプリントアウトする仕事をしていた。不動産の家賃交渉なんて、専門の技がいるようなものだけど、こんな地道で誰でもできる作業から始まっている。

不動産鑑定が必要なような大型店舗や会社の事務所なら、資格も経験もある横田が家賃を算出するが、個人宅ならミチルのようにネットで探して、大家に突きつけてやるだけでも十分効果がある。

鈴木はあれから、ずっとメールしてきている。

電話がある時もあるが、出張から戻ったのか、たいていは会社から自宅に帰る道々や、残業中の会社からだ。

これから奥さんのいる自宅に帰るんでしょう。

そう言ってやりたいが、どうしても言い出せない。数十分話して電話を切る。切ったあとはむなしさだけが残る。だったら電話に出なければいいのに、それもできない。

「今夜さ、飲みに行かない？」

「え？」

「ほら、居酒屋で働いてた子」

「あ、ファストフード店のアルバイトしてたかわいい子ですか。名前なんていうんでしたっけ」

「田丸優奈ちゃん」

光浦が頬を赤らめて言う。

「そう、あの子と飲みに行く話をしてたら、別の人も一緒ならいいって」

「じゃあ、社長の友達連れて行って、向こうも友達連れてきて合コンでもすればいいじゃないですか」

「まあ、そうなんだけど、この間のおばさんの話を聞きたいって言うから」

「あたしの話なんて」

気がつくと、唇が曲がっている。

「つまんないですよ。どうせおばさんだし」

言ってしまって、はっとした。

あたし、おばさんって言ってなかったか。自分で自分のことを。これまで、前の会社でも、若い子相手にそういう言葉遣いをしたことはあったが、それはまわりに合わせて言ってただけのことだ。本心から、こんな卑屈な気持ちになったことはない。

でも今は、本心から、そう言っていた。

いかん。どうしちゃったんだ。あたし。

「そんなことないよ。優奈ちゃん、まじで聞きたいんだって。景気のいい八〇年代の話や、おばさんのこと」

「おばさんのこと?」

「結婚しないで独身でいるのは、どういう人生の戦略なのか聞きたいらしい」

「おちょくってるんですか」

光浦をきっとにらんだが、彼は気弱く目をそらした。

「まあ、まあ」

横田が笑顔で割って入った。

「山崎さん。話してみればわかりますが、なかなかいい子ですよ。頭もいいし、よく考えてる。優奈さんが会いたいと言ったら、本当に話を聞きたいんだと思いますよ。たまには若い女性に会って、教えてやるのもいいんじゃないですか」

「なにを？」

光浦に向かうように、思わず、言葉遣いが荒くなる。相手は横田だと気がついて、咳払いして言い直した。

「わかりました。そこまで言われるなら行きましょう」

「ありがたい」

なぜか光浦が手刀《てがたな》を切ってミチルを拝む。

「横田さんも来るんですか」

「いいえ、今夜は予定がありましてね」

「そうですか」

「区主催のクラシックコンサートに妻が応募して当たったんですよ。無料の。そのあと、外で食事をする約束です」

「あら、いいですね」

「まあ、とにかく、今夜は頼むよ」

光浦が言う。

「わかりました」

そういうことなら受けて立とうじゃないか。

鈴木の電話を待って、家でいじいじしていてもしょうがない。それなら、光浦たちと飲んでいる方がなんぼかましだ。


そんな気持ちで参加した飲み会なのに、拍子抜けするほど田丸優奈は素直でいい子だった。現在、大学三年生で、都内の有名大学の経営学部に通っているという。

光浦は、小さいけどなかなか本格的な料理を出すイタリアンに連れて行ってくれた。優奈に気を遣っているらしい。

光浦のおごりのようなので、ウニのカッペリーニやフルーツトマトをふんだんに使った前菜などを遠慮なく頼む。

「私のイメージから言っていいですか」

と、優奈が前菜を取り分けながら言った。

「どうぞ」

「やっぱり、ディスコでがんがん踊っている女の人、とか、タクシーがなかなかつかまらない、とか……あとは、女の子が大学生でもブランド品やジュエリーを買いまくってたとか」

「ああ」

「そういうのあったんですか」

「あったね。ディスコのパーティもタクシーもただ券がどこからともなく回ってきたからね。例えば、六本木にあるディスコを十軒貸し切ってパーティとかね。毎週末やってたんじゃない？　チケットもらえれば、どこにでも入れるから。でも、そういうのって、今のクラブだって同じようなものでしょ。別に変わんないんじゃないの。まあ、扇子振って踊ってる人はいないかもしれないけど、あれは流行だから」

「ただのチケットっていっぱい出回ってたんですか」

「うん。大学とか、バイト先とかね。大学は女子大だったし、バイトはホテルのラウンジで、どっちも女の子がいっぱいいるところだったから」

「なるほど」

　タクシーチケットは、社会人の合コン相手や、ラウンジの客からもらったのだ、と説明した。

　しかし、同じバイトの中にも、もらっていない人たちもいた。くれた客はミチルの気を引きたかったわけだけど、それを説明すれば、自分がモテたと言わんばかりだと気づいてやめた。以前だったら、モテたことを匂わせられる機会は逃さなかったのに、いつのまにか、そんな自分が恥ずかしくなっていた。

「なんでか、あの頃はそういうの、すごくゆるかったし、経費をいっぱい使う人の方が偉いみたいな雰囲気もあったし」

「そうですか。で、ブランド品の方は」

「ああ、それは」

ミチルは飲み物をぐっと飲んだ。

「これは、あたしの考えというか、あたしのまわりのことなんだけど」

「はい」

「確かに、まわりでも貴金属を買ってる女の子、いっぱいいた。アルバイトして買ったり、彼氏に買ってもらったり、親に買ってもらったりね……でも、それは景気がいいことだけが理由じゃないと思う」

「どういうことですか」

ミチルは優奈の顔の前に、指を一本出す。

「消費税」

「え」

「消費税が導入されたのよ」

「ええ、ええと確か……」

優奈は、スマートフォンをいじくって言った。

「一九八九年ですね」

「そう、あたしは大学四年生だった。あなた、何年生まれ？」

「一九九二年、平成四年です」

あうっ、と声を上げそうになる。平成生まれが、こんなに大きくなってるのか。しかし、気を取り直す。

「じゃあ、生まれた時には、消費税があったのね」

「はい。あ、駆け込み需要ですか」

「ノンノンノン」

ミチルは出した指を左右に振った。

「消費税って言うと、どうしても、値段が高くなるって印象だけど、導入と同時にそれまでかかっていた物品税がなくなったから、高級品は安くなったのよね」

「え、そうなんですか」

「ええと、いくらだっけ。確か、三万ぐらい……」

「三万七千五百円ですね」

優奈がまた、スマホを操作して、教えてくれる。

「そう。三万七千五百円を超える貴金属、宝石には、十五パーセントの税金がかかってたの。だから、消費税導入前はそれ以下の値段の指輪なんていうのがよく売られてたわよ。ガラスケースの中でここからこっちは税金がかかりません、って」

「へえ」

「それが、急になくなったでしょ。十パーセント以上ディスカウントされているのと同じだから、消費税が導入されて買ったんじゃないかしら」

「そういうことなのか」

「女子大生もOLも気楽にブランド品やジュエリーを買えるようになったの。あと、自動車とかもかなり税金が安くなったはず」

「自動車も」

「もちろん金回りがよくなった、っていうのもあるんだけど、そういう税金のこととかも、高級品が売れた一因だと思うの」

「なるほど」

「今と比べて、金もプラチナも安かったし」

「他になんか思い出話、あります？　例えば、すっごい大物と会った、とか」

大物。

ずっと忘れていた記憶が、優奈の言葉でよみがえった。

「大物ね」

忘れていたわけじゃない。

ずっと、なぜか誰にも話せず、心の中に秘めていた。


彼と出会ったのは偶然と言っていい。

ＯＬ時代、ミチルが働いていた丸の内と同じ界隈にある大手商社とのコンパに来ていたのだ。その中の一人の大学時代の友達という紹介だった。確か、場所は銀座のビルの最上階にある、イタリアンレストランだった気がする。

普通の人とは違う、というのは、一目でわかった。ネクタイをしていなかったからだ。商社の社員たちは、形は当時流行りのダブルスーツだったが、色は皆無地か目立たないストライプの濃紺だった。シャツも無地の白が多かった。会社が厳しいからだろう。けれど、逆にそれが誇らしいかのように、「僕たち制約があってね。ほら、偉い人とも会うからさ」と笑っていた。その証拠に、ネクタイだけは思い思いのブランド品で、皆、派手だった。

彼のスーツは形こそゆったりめだったが、ダブルではなかった。だからだろうか。ミチルは、彼のことを古い映画の中の人みたいだ、と思った。そう、ハンフリー・ボガート、とか。それよりはずっと若かったけど。

ミチルが彼の近くに座ったのも偶然とも言えるし、必然とも言えた。商社マンたちの中で、彼は一目で「関係ない人」に見え、しかも「無職」と自己紹介したから、すでに結婚適齢期を迎えていた先輩たちに見向きもされず、一番下っ端のミチルのところに押し出されてきたのだ。

彼はもの静かだった。二人でじっと他の人たちの話に耳を傾けた。

「こういうところによく来るんですか」

ミチルは一度、尋ねた。

「時々ね。君は？」

「あたしも、時々」

正直、見た目もこれといった特徴はなかった。痩せていて背が低め。貧弱と言ってもよいかもしれない。ただ、スーツだけは作りが良かった。

ミチルの父方の祖母は洋裁をする人で、子供の頃はよくワンピースやコートを作ってもらったから、それがオーダーで丁寧な採寸と仮縫いを経て作られたものだとわかった。肩のあたりが、祖母が作ってくれた服と似ていた。彼を見ていると祖母を思い出した。ちくちくする分厚いウールのワンピースや、ピアノの部屋でじっと動かないように立たされて打たれるマチ針のかすかな痛み、あっという間に着れなくなるのに絶対にジャストサイズにしか作らない祖母を、母親が煙たがり、嫌がっていたことを。

「もしかしてお祖母《ばあ》ちゃん？」

「え？」

「お祖母ちゃんが作ってくれたんですか。その服、あなたも」

彼の顔がかすかに歪《ゆが》んだ。

「君の服はお祖母ちゃんが作るの？」

「昔はね。今は買いますけど。その肩のところなんかが、お祖母ちゃんが作った服によく似ているんです。ドレメかな」

「ドレメって、なによ？」

「洋裁の原型の種類です。ドレメ式と文化式。知りませんか。男の人は知らないのかな。文化の方が習っている人は多いけど、ドレメの方がカットはきれいなんだって、お祖母ちゃんがよく自慢していました」

彼が急に笑った。そこにいる皆が振り返るほど。

「悪い悪い」

彼は友達に向かって言った。

「この人、変なこと言うから」

「え」

ミチルは驚いた。笑い出すまで、彼がおもしろがっているようにはまったく見えなかったから。

「お前がそんなに笑うなんてめずらしいな」

友達が、言った。

「なんの話をしていたの」

ミチルは、首をすくめた。なんとなく祖母の話をしたのが、恥ずかしかった。

「映画の話」

しらっと彼は嘘をついた。

「そう言えば、僕、映画とかぜんぜん観てないや」

「おれも」

「忙しすぎるんだよな」

そんな会話が広がって、皆は、すぐにミチルと彼のことを忘れた。

「見せてやろうか」

「え。なにをですか」

「この服を作るところ」

「ところ？　お祖母ちゃんじゃないんですか」

「うん。この近くの店」

「ああ」

ミチルももちろん、そういう店があるのは知っていた。ただ、彼がどちらかといえば貧弱な雰囲気の男だったから、まさか、銀座の店で作っているとは思ってなかったのだ。

「行ってどうするんですか」

「それは、行ってからのお楽しみ」

すでに彼は立ち上がっていた。

おれたちもう出るよ、と彼は皆に言い、ミチルたちは囃《はや》されながら店を出た。お持ち帰り、という言葉はまだなかったが、二人で出て行くというのは、そこまで相手を気に入った、ということであるのは今も昔も変わらないから。

イングランド洋品店は、ホテルか画廊のような立派な木製の重たいドアの店だった。

彼はその店で、ミチルにワンピースを注文してくれた。

「そんな。いいですって」

ミチルは慌てて断った。

「別にかまわない。おれが払うんじゃないし」

そういう二人の会話を、店員たちは聞こえていないように振る舞っていた。

生地とスタイルを選んだあと、たっぷり時間をかけて採寸をした。それは祖母がしてくれたものとは、まったく違っていた。体に触れるような感覚はなく、ミチルが疲れないように何度も休憩を取ってくれて、近所の喫茶店からコーヒーまで運ばれてきた。

婦人用の生地は紳士用に比べると多くなかった。選んだのは無地に見えるようなイエローに淡いゴールドの模様の入ったもので、襟なしのワンピースとジャケットのセットを注文した。

　店員は皆、丁寧で親切で、彼やミチルの言うことをなんでも聞いてくれた。遠い異国の王様と王妃様が来店したかのように、かしずいてくれた。しかし、それなのに、いや、それだからこそ、ミチルにはとても居心地が悪く、この店で彼があまり歓迎されていないように感じた。もちろん、自分も。

　服を作ったあと、二人は近所の彼の行きつけのバーに入った。するとそこで、店に彼宛ての電話がかかってきた。

「はい。勝則《まさのり》です！」

　礼儀正しい返事の割に、彼の顔はどんどん沈み、切った時にはなんだか急に投げやりな感じにさえなった。

「これから、親父のところに行かなくちゃいけない」

「親父？　そんなお金持ちって、いったい、お父様はどんなお仕事をなさっているんですか」

　彼は父親の名前を言った。それだけで説明が終わるかのように。だけど、ミチルは初めて聞く名前だった。

「あーあ。行きたくねえな」

「じゃあ、行かなきゃいいじゃないですか」

「そういうわけにはいかない」

それから、彼はじっとミチルを見た。

「そうだ、君も来ればいい。行こうよ。気もまぎれる」

「そんな。会ったばかりなのに」

「会ったばかりだから、いいんだよ」

「あたしのこと、お父様になんて言うんですか」

「なんにも。ただ、友達だって」

ミチルは彼の強引さと自らの好奇心にあらがえず、一緒について行った。

きらびやかなドレスを着た女がいっぱいいる店に行って、一番奥の席に案内された時、息が止まりそうになった。そこには、現役の大臣と、その派閥の若い代議士、その秘書らしき人たちがいた。その隣には、きりりとした容貌と実力で大変人気がある力士が座っていた。彼はその後、人気モデルとの婚約破棄でさらに大きな話題となる。

「新しいガールフレンド?」

大臣たちの隣に座っていた彼の父親がにこやかに尋ねた。でも、目は笑っていない。その顔はのちに、何度も新聞や雑誌で見ることになる。

「はい」

彼は小さな声で、うなずいただけだった。

「それだけか。で、誰なんだよ、その大物は」

ミチルは、彼の父親の名前を口にした。けれど、光浦も優奈も首をかしげる。

「あなたたちの年齢では、知らないでしょうね。その頃は有名人だったの。現代の政商と呼ばれて、時々、マスコミに出ていたから」

当時は自分も名前を知らなかったことを、ミチルは言わなかった。

「鉄鉱石の取引を一手に握っていて、さまざまな会社の取引の仲介をしていたの。飛ぶ鳥を落とす勢いだったのよ。政治家や力士のタニマチになって、それは派手にやっていたの」

優奈がスマホでその名前を検索した。

「あ、あった。合ってますよ。政商だって。でも、あ」

彼女は驚いて、顔を上げた。

「そうなの」ミチルはうなずいた。「彼の父親は、そのあと逮捕されたのよ。すべてがはじけたあとにね」

あの頃はなんでもそうやって情報を検索できる時代じゃなかった。だからミチルは、彼の父親がどんな人物なのか、その翌日から一生懸命調べたのだ。上司に聞いたり、新聞を読んだりして。

「ほら、これ、見てください」

優奈は、ミチルにスマホを差し出した。

「今、ミチルさんが言った大臣やお相撲《すもう》さんの名前が出てます。その人の関係者としてウィキペディアに」

ミチルは手の中にある小さな箱に表示されている文字を見て、思わず微笑んだ。そこには今までずっと誰にも話してこなかった一夜の思い出、いや、それよりもずっと詳細な事情が誰にでも見える形で記されていた。誰でも、スマホやパソコンを使って調べれば数秒で知ることができる。

もちろん、ミチルもそれを使うことができるし、改めて感嘆するほど機械音痴でもない。けれど、今までそれを調べてみようとは一度も思ったことがなかった。

「あの頃は、そうじゃなかった。誰でも、そこに行かなければ、情報は取れなかった。そこに行かなければ、誰とも話せなかった。そういう時代だったの」

実際に見たものと、検索した情報は、ぜんぜん違うものなのよ、とさらに言おうとして、口をつぐんだ。そのどこが違うのか、ミチルにもわからなくなった。自分だって、たった一夜の傍観者でしかなかったのだから。

優奈にスマホを返した。

「そう言えば、大臣が娘のことを話していたわ。政治家志望の青年と結婚してほしかったのに歌手志望のバンドマンと結婚してしまった、って。でも、とても楽しそうに話すの。ああ、政治家って、こういうことを話して、親近感を持たせようとするんだなあ、って思った。だからってわけじゃないだろうけど、その先生も総理にはなれなかった。とってもいい人だったし、期待もされていたのに」

最後は、ひとりごとのようになった。光浦も優奈も、長い昔話に興味を失ったようだった。だいたい、その大臣だって、今は忘れ去られた政治家なのだ。新しい飲み物を注文すると、二人は次にアップルから発売されるスマートフォンのことを話し始めた。

ミチルが彼らに話さなかったことが、他にもあった。

彼は運転手付きの自動車で彼女を家まで送ってくれたのだが、その時に、彼はミチルにキスをした。

でも、それだけだった。

それ以上のことは、なにもなかった。二度と彼に会うこともなかった。ワンピースはミチルが一人で仮縫いに行き、出来上がりも取りに行った。サイズが変わって、一度しか着れなかった。たぶん、探せば家のどこかにあるはずだ。

あの時、彼がなぜ車の中でキスだけしたのか、ミチルにはわからない。性的な興味があるなら、その先に進むのは簡単なことだったのに、彼はそうしなかった。ミチルに魅力がなかったのだろうか。でも、それがないならキスもしないのではないのか。若かったミチルはしばらくそれを考えていたが、わからなかった。そして、次第にあれは一夜の夢だったのだ、と思った。

彼の父親が脱税で逮捕された時、一瞬、あのキスを思い出した。よくわからないキスだったと。父親は国会の証人喚問に呼ばれ、贈収賄でまた逮捕され、実刑を受けた。もう亡くなったのだろうか。息子の方はどうしているのだろう。

四十五歳の今になると、ミチルは彼の気持ちがわかるような気がする。ミチルが何も知らなくてあまりにも身軽で気楽で関係なかったからこそ、彼は何かを残したかったのだ。

いや、違うかな。何も考えていなかったのかもしれない。たぶん、気晴らしだったのだ。それ以上でもそれ以下でもない。

「ミチルさん、おかわり、頼みます？」

優奈が気を利かせて尋ねた。

「ううん。あたしはそろそろ失礼するわ。二人はもう少し飲んでいったら」

ミチルは軽く目を閉じる。そうしないと、二人に涙を見られてしまう。

鈴木は品川のオイスターバーの片隅で待っていた。ミチルが店に入ってぐるりと見回すと、懐かしい彼が、いくぶん緊張した面持ちとどこか気弱な笑顔で小さく手を挙げた。

「めずらしいね」

息を切らして尋ねる。別に走ってきたわけではない。ただ、慣れない品川駅で、あっちに行ったりこっちに行ったり、エレベーターやエスカレーターで上がったり降りたりしているうちに、息が上がっただけだ。ホームページには駅前と書いてあったのに、指定された新しい高層ビルまではずいぶん歩かされた。

「なにが？」

「品川なんて。初めてじゃない？　会社の近くだっけ」

「いや、まあ、たまにはこっちもいいかな、と思ってね」

ミチルがその顔を見返すと、「このあたりで仕事があったものだから」ともぞもぞと言い訳をした。

変わってない。

貧弱な体型も、猫背っぽい姿勢も、おどおどしたしゃべり方も。けれど、恋愛となると、すべて優しそうで頼りがいのありそうな人に、くるりと変わるのだ。

「どうしてたの」

「どうしてたって……」

そう聞かれても、困る。何もしてなかった、とも言えないし、何かしていた、とも言えない半年間だった。すべてではないが、強いて言えば、ずっと鈴木のことを考えていた日々だった。けれど、それは彼に教えてやる必要はない。

「仕事をやめたから新しい仕事を探したり、それで新しい知り合いが増えたり……ああ、職場が近所だから、地元の知り合いが増えたかな」

内容のない言葉をぽろぽろこぼす。

「へえ、そうなんだ。そういう地域の人との交流っていいよね」

おもしろそうな顔を作って、鈴木は聞いている。けれど、どこにも興味がないことは、あたりさわりのない返事に表れている。

「あなたは？」

「俺は……」

彼は、職場で彼の頭をずっと悩ませていた次長が異動したことを嬉しそうに話す。それから、新人が入ってきてそれがまったく使えないこと、社員食堂が経費削減のためついに廃止されそうなこと……一番彼の人生を変えたであろう、結婚やその生活や妻については触れないように、どうでもいいことだけだった。

メールの方がまだよかったな。

ミチルは彼のよく動く口元を見ながら笑顔を作ってうなずく。

そうして、二人でとにかく力を合わせてつないできた会話も、一杯目のビールを飲み終わる頃にはつながらなくなった。

ミチルは空のグラスから目を離して、あたりを見回す。今までに足を運んだことがない、鈴木の会社からも自宅からも遠い街。こぎれいだけど、地方から新幹線で運ばれてきた観光客がネットで見つけるような店。店の片隅で窓もない、誰にも顔を見られないテーブル。

鈴木はまだなんとか話の接ぎ穂を探してさまよっていたけれど、ミチルは、ああ、と声を上げそうになった。

すべては変わってしまっていた。絶対に誰にも見られないために、絶対に誰にもわからないために、尻尾をつかまれないために。そういうためだけに選ばれた場所なのだ、この店は。

言葉はいくらでもきれいにつくろえるけど、行動は嘘をつけない。

これまで彼からされた何よりも、気持ちが冷めていく。冷たくなりすぎて、胸の真ん中が痛いほどだ。

「俺は間違っていた」

その時、遠くを見ていたミチルに鈴木がささやきかける。

「え」

「ずっと後悔しているんだ。結婚してから」

ミチルは彼を見返した。鈴木は思いつめた顔をしている。

彼はミチルの手を、誰にも気がつかれないようにテーブルの下でそっと握る。どこかで聞いたような会話、することなすこと、すべてが中年の不倫関係の男女の、ありきたりのことばかりだ。本で読んだり、ドラマで観たりするような。それも上等でないサスペンスで、メインの殺人事件でなく、サイドストーリーのそのまたサイドの汚らしい、くだらない男女の情事。

光浦たちにおばさん呼ばわりされた時より老けた気がした。

「君のことばかり考えていた」

この手をはねのけて、気味の悪い熱いささやきを続けている彼の上半身を振り切り、立ち上がって店を出て行けばいい。

なのに、体は動かない。

「これからどうするの」

ミチルが尋ねると、彼は一度、黙る。

「んー？」

決定的なことは言いたくないのだろう。ミチルに言質を取られないように。

さすがにミチルもそれを酌んでやるほど親切ではない。

「どうするの？」

「できたら、二人きりで話したいんだけど」

「別にいいよ」

ミチルがうなずくと、鈴木は目を軽く見開いて驚いてみせた。

彼が連れて行ってくれたホテルは、品川からタクシーですぐの場所にあり、シンプルな外装でフロントもあったが、休憩もできる、ラブホテルとビジネスホテルの間のような造りだった。

ラブホテルでないだけ、まだましだ。

昔、旅行先で、鈴木とラブホテルに入ったことがあったっけ。

たまにはそういうのもいいんじゃないか、と温泉旅行の途中、予約していた宿をキャンセルして、ラブホテルに行ったのだ。一番下品なホテルに入ろう、と街のはずれの場所を探した。

車の中でも、ホテルに着いても、二人はずっとくすくす笑っていた。そんなことが、楽しくて楽しくてしょうがなかった。二人には場末のホテルを密《ひそ》かに使わなければならない理由がどこにもなかった。そこに入ったのは、ただ、気まぐれな思いつきだけだった。

それに比べて、今の胸の冷たさはどうだろう。

鈴木はエレベーターの中で、すぐにミチルを引き寄せ、「会いたかった、すごく会いたかった」と言いながら、キスをした。胸も少し触った。ミチルはエレベーターの天井のパネルをじっと見ていた。四角いライトが並んでいるようなデザインで、凝っている。片隅に防犯カメラも見えた。

部屋も、ダブルベッドがぎゅうぎゅう詰めに入っているほかは、ビジネスホテルの造りだった。

鈴木はすぐにミチルの肩を抱いて、もたれ込むようにベッドに押し倒した。部屋はダブルベッドでいっぱいだから、それぐらいしかくつろぐ場所もないのだが。

「どうしてだめだったの」

二回目のキスをしたあとに、鈴木の胸に手を置いて体を離し、ミチルは尋ねた。

「え？」

「あたしじゃ、どうしてだめだったの？」

「なにが」

鈴木はきょとんとした顔でミチルを見る。

「だから、どうして奥さんを選んで、あたしと別れたの？　どうしてあたしじゃだめだったの？　どうしてあたしのことを無視したの？　どうしてすぐに結婚したの？　どうして」

「その話」

鈴木は完全に体を離した。あおむけになって天井を見る。

「どうしてあたしじゃなくて、奥さんなの？　どうしてその理由を教えてくれないの？」

「わかんないよ」

ミチルは、顔を向けて彼の方を見た。彼もわずかに顔を傾けて、ミチルを見ている。

「わかんない」

「お母さんになにか言われたの？　お母さんがその人を気に入った、とか？」

「いいや」

「子供が欲しかったの？」

「たぶん、違うな」

それならまだ救われた。

「じゃあ、どうして？」

「わからない、としか言えない」

ミチルは起き上がって、服を下にひっぱり、皺を直した。

「じゃあ行くわ」

ミチルは、ベッドの下に落ちていたバッグを拾う。

「え。行っちゃうの？」

「あなたに会ったのは、それを聞きたかっただけだから」

「待ってよ。まだ一緒にいようよ。せっかく会ったんだから」

「でも、答えられないんでしょう？」

「どうしてそんなことにこだわるの」

「わからないから。どうしてなのか、ずっと考えていたけど、どうしてもわからないから」

　鈴木はしばらく考えていた。ミチルは、ベッドの横に立って待っていた。

「そんなことを聞くために、だましてここまで連れてきたのか」

「だまして？　連れてきた？」

　鈴木はまた答えない。

「ひどいこと、言うわね」

「じゃあ、言うけど」

「ええ」

「はっきり言って、彼女を好きになった」

「彼女？　奥さん？」

「うん」

「え、だって、さっきは……」

鈴木は面倒くさそうに吐き出した。

「彼女の方が新鮮だったし、なんか良さそうな気がしたんだ。新しい女だったから」

「そう」

ミチルはしばらく考えた。彼の言葉は格安ファミレスのドリンクバーのように聞こえた。種類も豊富で、なんでも好きなだけ飲めるのだけど、嘘も現実もすべてが安っぽい。そんな理由で選ばれて、すでに浮気されている女の方がみじめだと思いたかった。けれど、そんな男に魅かれて振られた自分の方がみじめなのもわかっていた。

「早く言ってくれればよかったのに」

彼は動かなかった。

ミチルは、ドアを開けて一気にエレベーターホールまで走った。


元夫からの連絡は、鈴木との再会の一週間後に、あまりにも現実的な形でやってきた。

――二か月前に母が他界しました。

ご報告、という件名のメールは、季節の挨拶もなく、そう始まっていた。

――連絡する義理もないし、その必要もないと思っていたんだけど、一度は家族でいた人なんだから、と嫁さんと話して、一応、お知らせすることにしました。場所は知っていると思うけど、お墓は鎌倉です。もしも、墓参りする気があったら、日時を教えてください。渡すものがあります。（金目のものじゃないから、お前は興味ないかもしれない。面倒くさかったら無視してくれていいから）

そこかしこに、棘のある文章だったが、それが気にならないほど、急な知らせだった。お義母《かあ》さんが亡くなった。

元夫、片岡哲也《かたおかてつや》との結婚生活は六年ほどで短かったし、義母《はは》として触れ合うほどの時間もなかった。夫は九歳年上で、結婚した時には三十八だったから、そんな「行き遅れた息子」のところによく来てくれたお嫁さん、と大切に、というか、腫れ物に触るみたいに扱われた覚えがあった。

その義母が遺《のこ》してくれたものと言ったら、なんだろう。

着物かもしれない、とミチルは思う。義母は着道楽な人で、なんの話も合わなかったが、着物や洋服、身に着けるものについて話す時だけは盛り上がったから。

ものが欲しいというわけではないが（もちろん、その気持ちも0パーセントとは言い難いが）、お義母さんが遺したものがなんなのか、という好奇心があった。義母には悪い思い出が一つもないので、ミチルはメールを返した。

――お久しぶりです。お元気ですか。あたしはなんとかやっています。お義母様が亡くなられたとのこと、ご愁傷様です。優しい、しっかりした方でしたね。ご連絡、ありがとうございます。お墓参りには行かせてもらいますが、あなたのお手を煩わせるのも申し訳ないので、お気遣いなく。ご遺品は家に送っていただいてもかまいませんし、どちらでも結構です。
——では、来週の日曜日、一時にお墓の前でどうですか。場所ぐらいはわかるでしょう。
——わかりますが、一応、墓地の名前を教えてください。念のため検索しますので。
——仮にも六年間は嫁だった家の墓地を検索する、って、あなたらしいですね。

どこか嫌味の混じった文章だった。けれど、別れた夫婦なんてこんなものかもしれない、と思って、ミチルは気にしなかった。

日曜日、ミチルは駅前で菊の交ざった、あまりぱっとしない仏前用の花を買い、墓地に向かった。寺の横についている大規模な墓地で、一度は迷いそうになったが、端から順繰りに見ていくと、だんだん記憶もよみがえり、足が自然に墓前に運んでくれた。まだ元夫は来ていなかった。

しゃがんで花をわきに置き、手を合わせる。

墓には、籐の籠に入った花が供えられていた。大ぶりの白い菊を中心にさまざまな小菊が組み合わせてあって、仏前用とは思えない、しゃれたアレンジだった。ついさっき飾ったばかりのように瑞々《みずみず》しい。ミチルは数種類の花を束ねただけの自分のものと見比べた。

元夫の今の妻が飾ったのだろうか。彼女も来ているのだろうか。それとも、花がしおれないほどしげしげと通ってきているのだろうか。片岡は離婚後、一年足らずで再婚して、横浜に住んでいるはずだ。いずれにしろ、その仏花は生々しい彼女の気配を伝えていた。

「待たせたね」

ミチルが見上げると、元夫が立っていた。スーツに黒いネクタイを締めている。そのせいか、表情が硬いような気がした。

「久しぶりね」

「うん」

「元気そうね」

「うん」

「ご家族の皆さんも、元気？」

「うん」

「それは、よかった」

彼が何も言わないので、ミチルは居心地が悪かった。

「お義母様、ご病気だったの」

「ああ、一年ぐらい前に癌《がん》が見つかって体も弱ってたから、積極的な治療もしない方がいいって、医者にも言われて。進行はゆっくりだったけど、痛みもなくて」

やっと話が滑らかに進む。

「それは、よかった……と言っていいのかな。苦しまずにすんで」

「まあ。君からしたらそれだけだろう。俺らにとっては大変だったんだ」

「それはそうでしょう」

彼が放つ、ちくちくした言葉は、仕方のないことだと思った。

十年前とはいえ、ミチルは彼を裏切って捨てたのだ。それははっきりと、彼に告げた。

「他の人が好きになった」と。けれど、彼はそれをたいして責めもせず、マンションまで譲ってくれた。

彼も墓に手を合わせる。並んで頭を下げていると、なんだか、姑《しゅうとめ》に謝っているような、妙な気がした。

「行こうか」

ここで遺品を渡されるのかと思っていたら、彼は先に立って歩き出した。ミチルも仕方なく、そのあとを追う。

「今日、ご家族は？」

「ここに来る予定だったんだけど」

「あら、そうなの」

「駅前の喫茶店で待っていることになった」

理由はあえて聞かなかった。

「お子さんも？」

「うん」

「お子さんおいくつ？」

「小二と幼稚園の年中さん」

「まあ、大きいのね」

駅までの、だらだらとした道のりを歩く。梅雨《つゆ》入り前だが、日差しがきつい。

「俺はお前が嫌いだった。大っ嫌いだった」

人目のない道に来て、元夫がいきなり言ったので、ミチルは驚いた。彼の顔を覗き込むと、こちらに目を向けず前をじっと見ていた。

「急にどうしたの」

「ずっと嫌いだった。結婚しても子供を作るわけでもなく、だらだら仕事を続けて、でも、仕事に打ち込むわけでもなくおざなりで、人生の目標もなく、なんとなく物欲しげに生きてる」

片岡の言うことは、すべて当たっていた。ミチルは、結婚しても、まだ人生を決めきれてなかった。だいたい、二十代のうちにとりあえず一度はしておきたいというだけで決めた結婚だった。女性にとって、二十代のうちに結婚しなければ、という縛りのようなものが、今よりきつい時代だった。

物欲しげ。ひどい言葉だが、それほどミチル自身を表している言葉はないような気がした。

「嫌いだったから、お前が離婚したいって言った時、逆に罪悪感みたいなものがあった。俺が別れたいと思っているのに気がついて、他の男を見つけたのかと思った。それでマンションも譲ったんだ」

「そうだったの……」

「けど、どうしてそこまでしてやったのか、なんだか、母親が死んでから腹が立って」

鎌倉駅前行きのバス停が見えてきた。バスを待っている人は誰もいない。置いてある木のベンチに片岡は座った。ミチルもその横に座る。

「これ」

提げていた紙袋から、小さなハンドバッグを取り出した。使い古して角は擦り切れているが、ワニ革で見事な艶があった。

「母親の荷物を整理してたら出てきた」

彼がバッグのふたを開けて見せた。メモが入っていて、「ミチルさんへあげてください」と書かれていた。

「ずいぶん前に書いたんだろうな。死ぬ直前は、字を書いたりできなかったから」

「覚えてる、これ……」

それは、ミチルと義母が、何かの折に箪笥の整理をした時に出てきたバッグだった。小さいけれど革の質が良く、金の留め金もしゃれていた。ミチルが思わず「すてきですね」と褒めると「いつか、あなたにあげるわ」と言ってくれたのだ。

「母親には、お前に男がいる、とは言わなかったから」

「そう」

「こっちのプライドもあったし、母親も苦しめたくなかったし。だから、ずっとお前のこと心配してた」

片岡はバッグを紙袋に入れると、ミチルに突き出した。

「これ、いただいていいの」

「他にやれないだろ。いらなかったら捨ててくれ」

「ありがとう」

ミチルと片岡はしばらく黙っていた。

「誰でもよかったんだろ」

「え」

「結婚するの、誰でもよかったんだろ」

ミチルは何も答えられなかった。

「今だから言うけど、妻とは、お前と結婚している間に知り合った」

思わず、顔を上げる。片岡は真面目な男だった。結婚中、他の女の気配なんて、一度も気づいたことがなかった。

「勘違いするなよ。付き合いとかはなかったから。ただ、実家に一人で戻った時、幼馴染だった彼女に再会したんだ」

片岡より五つ若かった彼女も、横浜の実家に戻っていた。

「久しぶりに出会って、どうしてるんだ、って聞いたら、花嫁修業中って笑ってて、でも真剣に、子供も欲しいしどうしても結婚したいから、いい人がいたら紹介してって言われてな」

「そう」

「普通引くだろ、そんなの。だけど、なんかぐっときたんだ。そういうふうに真剣に人生を考えているっていいな、って思った。何も考えず、なんとなく不満を抱えながら生きているよりはずっといい。それで、彼女と家族を作りたいと思った。もちろん、声をかけたりしたのはお前と離婚してからだけど」

「わかった。よくわかったから、もういいわ」

「だから、罪悪感があってマンションを譲ったんだ」

ミチルは立ち上がった。

「じゃあ、あたしは歩いて帰るから、あなたはバスに乗ったら」

「いや、俺が歩くよ。すぐバスが来るから。家族で通っている間に時刻表は覚えちまった」

片岡は立ち上がって、ミチルの顔を初めて正面から見た。

「いいかげん、しっかり生きろよ」

そして、背を向けて歩き出した。

言葉通りに、彼が去ったあとバスはすぐやってきて、ミチルはそれに乗り込んだ。

ミチルは、バスに揺られながらこれまでのことを考えた。

ずっと自分は一度も振られたことのない人生だと思っていた。けれど、それは思い過ごしだったのだろうか。本当は振られ続けていて、優しい男たちの嘘で成り立っていた人生だったのかもしれない。

途中、バスは歩いている元夫を追い抜いた。ミチルはバスの窓から彼を見下ろした。彼は一瞥もしなかった。ミチルは、二度と会うことはないだろう、彼の姿をじっと見ていた。

一つ、悔しいことがある。

彼には、今なんの仕事をしているのか話さなかった。今、何をしているのか、何を考えているのか、これからどうしたいのか。話すすきがなかった。

けれど、まあいい。

どうせ、彼には会わない。勝っても負けても同じだ。あたしは、これからずっと負けながら生きていく。彼は彼のまま、生きていけばいいのだ。あたしはあたしのことを下に見て、安心して、そして、幸せにしてくれていればいい。皆、好きなように生きていくしかないのだから。

ミチルは、もう一度、バスの窓から後ろを振り返った。けれど、彼の姿はどこにも見えなかった。


「ふーん、それで、その鈴木さんを置いて帰ってきたんですか」

優奈はミチルの話を聞いて、手元にあったソフトドリンクの残りをすすった。話したのは、鈴木とのことだ。元夫とのことは、さすがに言えなかった。

二人きりでご飯を食べていたのには、わけがあった。阿佐ヶ谷の駅前に有名でなかなか予約の取れない焼き鳥店があって、光浦が優奈のために三か月前から予約を取っていた。しかし、彼は親戚に急な不幸があり、自分が代金を出すから、ミチルに代わりに行ってほしいと頼んできた。優奈が楽しみにしていたから中止にはしたくないし、彼女の友達やなにかだと男が来そうで不安なんだそうだ。

光浦事務所での仕事にも慣れてきた。社内の立場も定まって、光浦と横田が大型店舗や企業を担当し、ミチルは小口のアパートやマンションの賃貸を受け持っている。不動産交渉屋は他にもライバル会社がいくつかあって、光浦や横田はなかなか苦戦することもあるようだが、小口はどこも敬遠するらしくコンスタントに仕事が入ってくる。ミチルは毎日のように菓子折りを持って、大家の家に赴いている。事務所の売上にはあまり貢献できていないような気もするが、横田に言わせれば、「地道な仕事が大きなことに結びつくかもしれないし、仕事が動いているのはいいこと」ということらしく、二人にも認められているのを感じる。

なのに、ミチル自身は、どうも気持ちがふさぐことが多い。チラシを配ったり、事務所に出勤している時はいいのだが、家にいるとぼんやりテレビを眺めているうちに時間が過ぎていく。泣いたりはしないけれど、気がつくとため息をついている。

昔は良くも悪くも、もっと気分の浮き沈みがあった。鈴木への怒りに満ちて生活していた。それはつらいことだったが、明日への活力でもあった。

「ばかだと思う？」

「さあ。私は大学に彼氏いますけど、そもそもあんまり恋愛に興味ないから。ミチルさんぐらいの歳になった時、同じようなことをしているのかどうかは疑問ですけど」

「あたしだって、疑問だよ」

「八〇年代に青春を投じた人って、どっか諦めてないですよね」

「諦めてない、か」

「普通、その歳になったら人生終わったなって思うんじゃないですか？」

ミチルはしばらく考える。

「そういうことないね。おもしろいほどない。いや、悲しいほどない」

「ふーん」

「高校生の時にオールナイトフジが始まって、早く女子大生になりたくてね。大学時代は女子大生ブームでしょ。ＯＬ時代は景気が良くて、そのあとだってあたしたちの世代はボリュームゾーンだから雑誌だってドラマだって、どんどんできるじゃない？　この歳になっても美魔女だなんだって騒がれるでしょ。ずっとちやほやされてきたのよね、世間や社会から」

「なるほど」

「ただね、これまでは、あたしも諦めてなかったと思うんだけど」

「ええ」

「さすがに諦めてきたような気がする」

優奈は返事をせず、食べ終わった串をいじっていたが、ミチルはかまわずに話し続けた。

「あたし、気がついたの。あたし、オバサンキャラじゃなくて、オバサンなのね。最近、ようやく気がついたの」

優奈は虚を衝《つ》かれたように顔を上げた。

「それこそ、あの時代を過ごした女性の考え方ですよね」

「遅すぎる？」

「いいえ……でも、これからどうするんですか、ミチルさん」

優奈は口に出してしまってから、はっとして目をそらした。四十五を過ぎた独身で子供もいない女に、一番言ってはいけないことを口にしてしまったことに、すぐ気がついたようだった。

「どうするんだろうね。これから」

ミチルはなんでもないことのように笑ってすませるが、それは一番知りたいことだ。あたしは、これからどうなるのか。

優奈は「トイレに行ってきます」と言って立ち上がった。

彼女たちが通されたのはカウンターの席で、目の前で大将がリズムよく、炭火で串を焼いている。大ぶりに切った鶏も、名物のフォアグラのような白レバーも、突き出しの鶏スープも、すべて丁寧に作られた繊細な味だった。

「優奈ちゃん、また新しい仕事についているんでしょ。どうなの？」

トイレから戻った彼女に尋ねる。

駅前のファストフード店をやめてから、優奈は都境にある、某巨大通販サイトの倉庫で働いている。電車を何本も乗り継いで、やっと着いた駅から、送迎バスに乗るらしい。

「往復三時間以上なんて、大変だよね」

「ええ。でもおもしろいですよ。倉庫の管理の仕方とか、システムとか学べるし」

「でも、肉体労働で大変でしょ。ファストフード店だってすごく合ってたんだから、また接客業につくのかと思ってた」

「でも、うちの倉庫の管理ってすごいんですから。それに、知ってます？　マニュアルを作るのはアメリカの本社なんですけど、それを完璧にこなしているのって、世界中で日本だけなんですって」

「え、そうなの？」

「そう。新しいシステムが昨年できたんですけど、それをいち早く取り入れたのが今働いている倉庫なんです。私は世界で一番進んだ通販システムの中にいるんです」

「ねえ」ミチルは聞きたかったことを尋ねた。「優奈ちゃんはどうしてそんなにすぐに仕事を替わるの？　どこでもすぐ仕事を覚えられるし、よく働くし、周りともうまくいっているみたいなのに、なんでそんなにころころ替えちゃうの？」

「あ、呆れてます？　ミチルさんも、仕事が長続きしないのは、よくないと思ってます？」

「いや、そう悪くは思ってないけど、どうしてかな、って疑問だった」

「うちの親とかうるさいんですよねー。まだ就職もしてないのに、ころころ仕事替えるなって」

「あたしは、優奈ちゃんの親じゃないからどうでもいいけどね」

「私ね、働いて知りたいんですよ」

「なにを？」

「私が今まで働いたのって……」

優奈はファストフード店をはじめとして、数々の会社の名前を指折り数えながら挙げた。シアトル系コーヒーチェーン、世界中に支店のあるファストファッションブランド、組み立て家具で有名な北欧の格安家具チェーン、などだった。どれもグローバル企業ばかりである。

「そういうところで働いて、これから大きくなっていく、っていうか、今、一番元気な場所でどういうことが行われているのか、全部知りたいんですよね。全部見てから人生を決めたい」

「偉いねえ」

ミチルは心からうなずいてしまった。

「あたしの若い頃に聞かせてやりたいよ。できるだけおいしい仕事、おいしい思いができればいいと思ってたから」

優奈はメニューを手に取った。じっと見ているので、飲み物を選んでいるのかと思ったら、意を決したように口を開いた。

「私、自信がないんですよ。だから全部知っておきたいんです。そうじゃないとただの一歩も踏み出せない気がするんです」

「え」

ミチルは驚いて優奈の顔を見る。

「ミチルさんや、その世代の人たちってバブルに乗れたわけじゃないですか。どこに流されるのかわからなくても、皆、堂々としていたんですよね？」

「そのなれの果てがこれだけどね」

「でもそれって、すごいことですよ」

「すごくないよ。皆、右肩上がりしか知らなかったんだもん」

「私、本とかいっぱい読んでるんですよ、これでも。気に入った著者は、講演会とか勉強会とか行って、そこで出会った人たちと名刺交換して、彼らのツイッターやらフェイスブック見て、自分たちだけでも朝食会とかして……」

「よくやってるよ。偉いね」

「でも、ぜんぜん。安心できない。自信も持てない。かと言って、大企業のレールに乗る勇気も力もない。どうしたらいいのかわからなくて」

　ミチルは優奈にかける言葉がなかった。努力ひとつしてこなかった自分たちが言ってやれることなんて、なんにもない気がした。けれど、ただ、本心から言った。

「こんなあたしでも生きていける。だから、きっと大丈夫」

「大丈夫かなあ」

「ねえ、グローバル企業からもらう一万円も、あたしみたいに地域を這いずり回ってやっとこさもらう一万円も同じお金なんだよ。その時その時なにかをして食べていければいいんじゃないの」

　優奈はため息をついた。

「優奈ちゃんみたいな、しっかりした女の子たちがこれからどんな女になっていくのか、どんな社会を作るのか、知りたいな。見ていたいな」

「見られちゃうんですか」

　優奈はやっと顔を上げる。

「今、初めて、自分が見られるんじゃなくて、あなたたちを見ていたいと思ったわ」

　ミチルは今、何かから脱却したことを感じた。自分よりずっと美しい、ずっとモテる女の子の前で体から何かが抜け落ちていった。でも、それは、喪失感や失望ではなくて、これからずっと楽に生きていける切符を手に入れたような、力の抜けた喜びだった。

きっと、子供がいたり、夫を心から大切にしたりしている人なら、もっと早くに手に入れられた切符だろう。けれど、どちらからも外れていた、何より周囲の視線を一身に浴びることばかりを考えていたミチルのような女には、初めての感覚だった。

「そんならもう少し頑張ってみようかなー」

目の前で、人生の大転換が行われた女がいるとも気がつかず、優奈は笑う。


海ほたるを出ると遠くに来た感が急に強くなって旅行らしくなるのは、日差しのせいだろうか、空気のせいだろうか。

「しかし、あれだな。いい空気を吸うと腹がへるっていうの、あれ、嘘だな。ぜんぜん空いてこない」

運転をしている光浦がぼそりとつぶやく。

「そりゃあ、あれだけ買い食いすればへらないでしょうよ」

ミチルは声をひそめて言った。

「でも、おいしかった。私、ああいう場所で買い食いしたの、ほとんど初めてだから」

助手席に座った優奈が答えるので、ミチルは光浦にも聞こえたかな、と首をすくめた。

「名物にうまいものなしと言いますが、あそこのはなんでもおいしかったですね。さすがに人気の場所は違います」

横田がとりなすように口をはさんだ。

海ほたるで目につく食べ物をすべて試そうとしてるんじゃないかというほど、光浦は買い込んでいた。トイレ休憩に寄っただけのはずなのに、ミチルや優奈が「あら、あさりが入ったたこ焼きがある。たこ焼きじゃないのか、あさり焼きか」とか「メロンパン、焼きたてだって」とか歓声を上げるたびに、彼は胸元から財布を出した。あげくミチルがただ視先を向けただけで佐世保バーガーの列に並ぼうとした。「社長、やめてください。昼ごはんは道の駅の食堂で海鮮丼を食べることが決まってますし、夜は宿でなめろうが出るんですよ！」と必死に止めた。

優奈にいいところを見せたいのか、とも思ったが、どうも違うらしい。そこにはそれ以上の妙なこだわりがあるようで、ミチルはかすかに戸惑っていた。

光浦事務所創立初の慰安旅行を提案したのは光浦で、やっと社員が増えたのだからどうしても行きたいと主張し続ける。増えたと言ってもたった三人でどうするのか、と軽く受け流していたミチルと横田も彼の熱意に負けた。

香港か台湾に行きたいなどと声ばかり大きかった提案も、北海道になり、四国になり、富士山になり、最後は南房総でうまい魚を食べようというところで落ち着いた。

大きな車を借りよう、メンバーが足りないから横田の妻と優奈も誘おうと彼が提案したところで目的の半分が見えた気がしたが、ミチルは黙っていた。実際のところ、ミチルが忠告するまでもなく、光浦は優奈に彼氏がいるのを知っているようだった。なら、慌てて教えてやる必要もない。彼が自分で、気持ちにけりをつけるのを待つだけだ。

「あれは、たぶん、社長のお父様の姿です」

「え」

途中から運転を代わった横田が、後ろで寝ている光浦たちに気遣いながら言った。すでに車は房総に入っていた。横田の妻は「夫がいない時ぐらいのんびりしたい」と同行を断ったそうだ。横田はそれをそう残念そうでもなく光浦に報告していた。彼の方もたまには妻以外の人間と旅行をしたいのかもしれない。

助手席のミチルもそっと後ろを振り返った。光浦はめずらしく早朝から起きて運転したのが応えたのかぐっすり眠り、優奈もその肩に頭をもたせ掛けて目をつぶっている。こうして見ていると似合いの二人なのに、男女のことはむずかしい。

「社長がいろいろ買い込んでいたでしょう、海ほたるで」

「あ、ええ」

「社長のお父様もそうでした。社員旅行なんか行くと、女子社員にはなんでも買ってやって、歌を歌ったり、芸をしたり、社員サービスに徹していましたよ。私のような出入りの業者も呼んでね。小さい頃からその姿を見ていて、同じようにしなきゃいけないと思ったんでしょう」

「反抗していたのに？」

「あれが、中小企業の社長の姿だと思っていらっしゃるのです。お父様しか知らないのですから」

素直な方なんですよ……と横田はいとおしげに言った。

「でも、あたしたちに気を遣うことなんてないのに」

「ええ。それでも、今日は本当に緊張していらっしゃる」

そして、片目をつぶって、「もしかしたら、今夜は手品を披露するかもしれません。小学生の頃やってらっしゃるのを一度見たことがあります。その時はタネが見えても盛り上げてやってください」と笑った。

ミチルはもう一度、振り返った。光浦はその茶色い頭を後ろにのけぞらせて肩に優奈がいるのも気づかず、口を開けて寝ている。

今日の休みを取るために、連日の残業続きだった。横田も時々、首を回してコリをほぐす動きをする。それが彼の癖とわかっていても、ミチルは申し訳なかった。

「あたし、車の免許を取ろうかなと思ってるんですよ」

「いいですね。でも、急になんですか」

「なんとなく……これからは必要な気がして。こういう時に運転を代われますから」

その肩に載っているものをほんの少しでも持ってあげられれば。

別に光浦を助けてやるばかりじゃない。横田も助けたいし、この事務所も助けたい。それが働くということだ。きく乃や佳代子たちを乗せてやることもできる。それに運転できれば、これまで行けなかったところにひとりで行ける。どこまでも、ひとりで。

「やっぱり、免許を取ろう」

車は行く、美しい空と海に向かって。

その中を家族でもなく、恋人でもない男たちと走っていく姿を、ミチルは悪くないと思った。

解　説

吉田伸子

八〇年代のバブル期、日本は平野ノラ（という芸人さんがいるのです）で溢《あふ》れていた、と言ったら信じてもらえるだろうか。眉毛は太ければ太いほど良く、ボディコンシャス、いわゆるボディコンと呼ばれたお洋服は、身体《からだ》にぴったぴたであればあるほど良く、そのお洋服の肩パッドは大きければ大きいほど良く、ワンレンと言われる髪の毛は長ければ長いほど良く、ソバージュと呼ばれるウェービーヘアなら尚《なお》良い。そう、まんま、平野ノラ的な女子たちが、巷《ちまた》を席巻していた時代が、かつてあったのである。

彼女たちは、湾岸にある大箱のディスコ（クラブではない）で扇子をひらひらさせながら、身体をくねくねさせながら、連夜踊っていた。中でも「お立ち台」と呼ばれる〝ステージ〟に上がれるのは、ごく一部の〝上玉〟。踊り疲れたら、〝メッシーくん〟（ご飯を奢《おご》ってくれる彼氏。でも、本命ではない）に小洒落《こじやれ》たイタリアンに連れて行ってもらうか、〝アッシーくん〟（足代わり、の意味で、どこにでも迎えに来てくれる、送ってくれる彼氏。でも、本命ではない）を招集。

当時の彼女たちの、飛ぶ鳥落とす感というか、無敵感ったらなかった。就活なんて言葉ができる遥《はる》か以前、会社の説明会に行っただけで「お車代」が貰《もら》えた（真実です！）、そんな売り手市場時に就職。入社早々に、え？　と思うような高額なボーナスが支給され、ブランド品は買い放題。

かくいう私は、バブルとは無縁の世界にいた（当時は小さな出版社の編集者だった）のだけど、八〇年代後半の自分の写真を見ると、海苔《のり》？　それ、海苔を貼り付けてんの？　というくらい眉毛がぶっとくて——すみません、白状しますが、髪の毛もロングのソバージュでした。恥ずかしさのあまり出家したくなる——、バブルの浸潤力を思い知った次第。冒頭に書いた、日本に平野ノラが溢れていた、という状況をお分かりいただけただろうか。

しかし、まぁ、今から振り返ると、よくもこんなに浮かれていたもんだ、と思う。浮かれていたというか、調子に乗ってたんだなぁ、と。信じてもらえないかもしれないが、あの当時、「上海蟹《シャンハイがに》を食べるためだけに、週末、飛行機をチャーターして香港《ホンコン》に飛ぶ」なんてことが行われていたのである。どこのオナシス（というギリシアの億万長者がいたのだ）？　と思いきや、土地転がしで儲《もう》けた町場の不動産屋さんの社長さんが、そんなことをしてたりしたのだ、普通に。（大企業では絶賛タクシーチケット使い放題だったため）暮れの忘年会、終電を逃したらタクシーが全くつかまらず、三時、四時にようやくやく空車が、ということも（しかも遠距離じゃないと、運転手さんに舌打ちされる、というオマケつき）。

そんなバブル期、美味《おい》しい思いをしまくった山崎ミチルが、本書の主人公。「中学二年の冬から四十五になる今まで、正確に言うと三か月前まで」、彼氏がいなかったことがないミチルが、人生初彼氏いない状態になっているところから、物語は始まる。三年間付きあった三つ年上の男は、「小ぶりのゴリラ」のようだったが、「まめでなんでも言いなりになる人だった」ため、「たいした奴《やつ》じゃないけど、これからも一緒にいられればいいなと思うように」なっていた。なのに、突然、見合いした故郷の幼稚園教諭の「いき遅れの女」と結婚して、去って行ったのだ。

あの、ミチルさん、四十五歳のあなたが、「いき遅れ」とか言いますかね、とか、その彼氏って、ミチルさんにとってはただの「パシリ」じゃないですかね、とか、ツッコミどころだらけではあるのだが、ミチル自身は、男から去られたことが思いがけなくダメージで、勤めていた会社を無断欠勤するわ、仕事も休みがちになり、結局はクビに。

そんなミチルに、バブル世代とは真逆のロスジェネ世代で、年収三百万円の夫と子どもたちと、堅実に暮らしている妹は言う。「まだ諦めきれないんでしょ」と。「他の人の人生より、自分のことが大切で、人生にはまだ先がある。もっといいことがあるって夢見てるんでしょ」そう、ミチルは諦めきれないのだ。世の中はバブルどころか昭和が終わり、平成の時代になっているのに。はたから見れば、自分こそが「いき遅れ」たオバさんになっているのに。

だから、会社を辞め、二ヶ月無職で過ごした後、ようやく出向いたスーパーの面接——ミチルにとっては楽勝案件だったはずの——で、レジのパートの順番待ちリストを見せられ、愕然《がくぜん》とする。別れた夫（そう、ミチルはバツイチなんである。ちなみに、離婚の原因は、ミチルに好きな人が出来たから）が譲ってくれたマンションに住んでいるため、月々のローンはないものの、修繕積立金やら何やらで、月二万くらいは払わなければならない。貯金は三百万あるけれど、このままでは先細りになるのは目に見えている。

そんな時、偶然目にしたのが、ポスティングの仕事勧誘のチラシだった。スーパーのパートを断られた後だったこともあり、ミチルは「経験年齢不問」の文字に惹《ひ》かれ、面接と業務説明を兼ねた話を聞きにいくことに。

このポスティングの仕事が、ミチルの転機となる。仕事中に知り合った老女の家賃交渉を手伝ったことをきっかけに、巡り巡って、家賃交渉専門の会社からスカウト！　されるのだ。その会社でミチルは、かつて勤めていた会社で営業補佐をしていたころの「腕」を取り戻していく。同時に、今まで必死でしがみついていたバブルの呪縛から、ゆっくりと解き放たれていく。そこがいい。

原田ひ香さんの描く物語の柱の一つに、「ちょっと変わったお仕事小説」がある、と私は思っている。事故物件専門に居住する仕事に就いているヒロインを描いた『東京ロンダリング』、〝流しの母親〟を描いた『母親ウエスタン』、〝復讐《ふくしゅう》〟をビジネスにする『復讐屋成海慶介の事件簿』。本書もその流れに属する一冊で、家賃交渉（近隣の家賃と比べて、居住している物件の家賃が割高な場合、相場並みに引き下げてもらうよう、大家に交渉すること）という、耳慣れない仕事が描かれている。

　これらの物語たちは、そのどれもが、仕事を通じて、登場人物たちが自分を取り戻していく物語になっていて、そこがたまらない。本書では、あの鼻持ちならない（としか思えない）ミチルが、少しずつ、本当に少しずつ、自分はもう若くはないし、バブルは文字どおり泡と消えたことに向き合っていく。

　物語の中盤――ミチルが家賃交渉の仕事に就いた後――かつて、バブル期にミチルを可愛《かわい》がってくれた取引先の役員・飯塚とランチをするシーンが出てくるのだが、このシーンがいい。十五年ぶりに会う飯塚に、ミチルは尋ねる。「人生は長いんでしょうか。短いんでしょうか」と。飯塚はバブル期の頃、ミチルに「人生は短いひと時でしかない」と言っていたのだ。その時の自身の言葉をきっぱりと否定する。僕は間違っていた、と。まだ、若かったんだ、と。そして、言う。「人生は長い。この歳《とし》になっても、楽しいことはたくさんある」

飯塚は続ける。昔は若い女の子と食事をしているなんて、妻には言わなかったが、今日はミチルに会うことをちゃんと言ってきたんだよ、と。「そしたら、妻がね、若いお嬢さんと会うなら、ちゃんとしていかないと、って言って、背広もシャツも靴下も、全部きれいなものを用意してくれた」「恥ずかしいことにならないようにって、財布に十万円入れてくれてね」「うちもいろいろあったけどね。でも、今は一番仲良しなのは妻だよ」

このシーン、本当に好きだ。飯塚にこういう言葉を言わせる原田さんが、好きだ。そう、人生は長いし、年老いても楽しいことはたくさんある。派手に打ち上げられた花火のようなバブルが終わっても、人生は続いていく。バブル後の人生はおつりでもおまけでもなんでもなくて、まだまだ楽しめるのだ。自ら楽しもうとしさえすれば。いつまでも過去の自分の残像を追い求めさえしなければ。

この場面が、終盤、自分探しを模索している大学生・優奈とミチルの会話に生きてくる。「私、自信がないんですよ。だから全部知っておきたいんです。そうじゃないとただの一歩も踏み出せない気がするんです」と優奈。同い年だった自分と比較すると、遥かにしっかりしている、いや、しっかりしているからこそ悩んでいる優奈に、ミチルは言うのだ。「こんなあたしでも生きていける。だから、きっと大丈夫」と。それでも不安げな優奈に、ミチルは言葉を重ねる。「ねえ、グローバル企業からもらう一万円も、あたしみたいに地域を這《は》いずり回ってやっとこさもらう一万円も同じお金なんだよ。その時その時なにかをして食べていければいいんじゃないの」と。「優奈ちゃんみたいな、しっかりした女の子たちがこれからどんな女になっていくのか、どんな社会を作るのか、知りたいな。見ていたいな」

この言葉を優奈に告げた時こそが、ミチルが真の意味で、長い長いバブル後のトンネルを抜けた時だった。そして、そのトンネルを抜けたミチルだからこそ、「今日も上機嫌」なのだ。バブルに限らず、今現在、人生のトンネルの中で立ち止まっている全ての人に、本書が届くといいな、と思う。

（よしだ・のぶこ　書評家）

本書は、二〇一四年五月、書き下ろし単行本として集英社より刊行されました。

原田ひ香の本

東京ロンダリング

変死などの起こった物件に一か月だけ住み、また次に移るという奇妙な仕事をするりさ子。心に傷を持ち身一つで東京を転々とする彼女は、人の温かさに触れて少しずつ変わっていく。

集英社文庫

集英社文庫　目録（日本文学）

林　真理子　グラビアの夜
林　真理子　失恋カレンダー
林　真理子　本を読む女
林　真理子　女文士
林　真理子　フェイバリット・ワン
林　真理子　我らがパラダイス
早見　和真　ひゃくはち
早見　和真　6 シックス
早見　和真・文　かのうかりん・絵　かなしきデブ猫ちゃん
早見　和真　ポンチョに夜明けの風はらませて
早見　和真・文　かのうかりん・絵　かなしきデブ猫ちゃん マルの秘密の泉
原　宏一　ムボガ
原　宏一　かつどん協議会
原　宏一　極楽カンパニー
原　宏一　シャイン！
原　民喜　夏の花
原田　ひ香　東京ロンダリング
原田　ひ香　ミチルさん、今日も上機嫌
原田　ひ香　事故物件、いかがですか？　東京ロンダリング
原田　マハ　旅屋おかえり
原田　マハ　ジヴェルニーの食卓
原田　マハ　フーテンのマハ
原田　マハ　リーチ先生
原田　マハ　丘の上の賢人 旅屋おかえり
原田　宗典　優しくって少しばか
原田　宗典　スバラ式世界
原田　宗典　しょうがない人
原田　宗典　日常ええかい話
原田　宗典　むむむの日々
原田　宗典　元祖スバラ式世界
原田　宗典　十七歳だった！
原田　宗典　本家スバラ式世界
原田　宗典　平成トム・ソーヤー
原田　宗典　大サービス
原田　宗典　すんごくスバラ式世界
原田　宗典　幸福らしきもの
原田　宗典　笑ってる場合
原田　宗典　はらだしき村
原田　宗典　大変結構、結構大変。 ハラダ九州温泉三昧の旅
原田　宗典　吾輩ハ作者デアル
原田　宗典　私を変えた一言
春江　一也　プラハの春(上)(下)
春江　一也　ベルリンの秋(上)(下)
春江　一也　ウィーンの冬(上)(下)
春江　一也　カリナン
春江　一也　上海クライシス(上)(下)
ロジャー・パルバース　早川敦子・訳　驚くべき日本語
半田　畔　ひまりの一打

集英社文庫　目録（日本文学）

坂東眞砂子　桜雨
坂東眞砂子　曼《まん》荼《だ》羅《ら》道《どう》
坂東眞砂子　快楽の封筒
坂東眞砂子　花の埋葬　24の夢想曲
坂東眞砂子　鬼に喰われた女　今昔千年物語
坂東眞砂子　逢はなくもあやし
坂東眞砂子　傀儡《くぐつ》
坂東眞砂子　くちぬい
坂東眞砂子　朱鳥《あかみどり》の陵《みささぎ》
坂東眞砂子　眠る魚
坂東眞砂子　真昼の心中
坂東眞理子　上野千鶴子　女は後半からがおもしろい
半村良　雨やどり
半村良　かかし長屋
半村良　すべて辛抱(上)(下)
半村良　産霊山秘録《むすびのやまひろく》

半村良　石の血脈
半村良　江戸群盗伝
ビートたけし　アナログ
東憲司　めんたいぴりり
東直子　水銀灯が消えるまで
東野圭吾　分身
東野圭吾　あの頃ぼくらはアホでした
東野圭吾　怪笑小説
東野圭吾　毒笑小説
東野圭吾　白夜行
東野圭吾　おれは非情勤
東野圭吾　幻夜
東野圭吾　黒笑小説
東野圭吾　歪笑小説
東野圭吾　マスカレード・ホテル
東野圭吾　マスカレード・イブ

東野圭吾　マスカレード・ナイト
東山彰良　路傍
東山彰良　ラブコメの法則
東山彰良　DEVIL'S DOOR
樋口一葉　たけくらべ
ひずき優　雨瀬シオリ・原作　小説　ここは今から倫理です。
ひずき優　小説　最後まで行く
備瀬哲弘　精神科ER　緊急救命室
備瀬哲弘　うつノート　精神科ERに行かないために
備瀬哲弘　精神科ER　鍵のない診察室
備瀬哲弘　大人の発達障害　アスペルガー症候群、AD/HD、自閉症が楽になる本
備瀬哲弘　精神科医が教える「怒り」を消す技術
備瀬哲弘　もっと人生ラクになるコミュ力UP超入門書
日髙敏隆　世界を、こんなふうに見てごらん
一雫ライオン　小説版　サブイボマスク
一雫ライオン　ダー・天使

集英社文庫

ミチルさん、今日《きょう》も上機嫌《じょうきげん》

2017年7月25日　第1刷
2023年6月6日　第8刷

定価はカバーに表示してあります。

著　者　原田《はらだ》ひ香《か》

発行者　樋口尚也

発行所　株式会社　集英社
東京都千代田区一ツ橋2-5-10　〒101-8050
電話　【編集部】03-3230-6095
【読者係】03-3230-6080
【販売部】03-3230-6393（書店専用）

印　刷　大日本印刷株式会社

製　本　大日本印刷株式会社

フォーマットデザイン　アリヤマデザインストア　　マークデザイン　居山浩二

ISBN978-4-08-745610-3 C0193